Jörg Olbrich

AF139356

Heidi

Eine Feldmaus im Blutrausch

Deutsche Erstausgabe

ISBN   9 783739 209012

© 2015 bei Jörg Olbrich

Cover:	Chris Schlicht
Lektorat:	Christine Rix
Herstellung und Verlag:	BoD - Books on Demand, Norderstedt

www.joerg-olbrich.de

1

»Das war eine erstaunliche Leistung«, sagte Henni und klopfte Knut anerkennend auf die Schulter. »Wir sind dir wirklich sehr dankbar, dass du uns geholfen hast, den Fluss zu überqueren.«

»Genau genommen haben wir ihn unterquert«, berichtigte Hörg seinen Bruder und fing sich dafür einen säuerlichen Blick ein.

»Ich habe das gerne gemacht«, sagte der Maulwurf bescheiden. »Außerdem wollte ich selbst auf die andere Seite des Flusses.«

»Ich hoffe, dass du es jetzt schaffst, deine Familie wiederzufinden.«

»Ich auch Henni«, antwortete Knut. »Auch ich muss euch danken. Wenn ich euch nicht getroffen hätte, wäre ich wohl nie aus meinem Loch herausgekommen. Euer Zuspruch hat mich wachgerüttelt.«

»Manchmal braucht es eben einen kleinen Anstoß«, sagte Hörg und reichte dem Maulwurf zum Abschied die Pfote. »Ich wünsche dir für die Zukunft alles Gute.«

»Danke. Ich euch auch.«

Henni und Hörg hatten den Maulwurf auf ihrem Weg in die Stadt Alpha kennengelernt, als sie sich auf der Flucht vor einer Schneeeule in Knuts Bau gerettet hatten. Ohne ihn wäre es für die Brüder deutlich schwieriger geworden, einen Weg auf die andere Seite des Flusses zu finden, der den nördlichen Teil des Lemmingreiches von den anderen Städten trennte.

»Ich hoffe, dass er seine Familie auch wirklich findet«, sagte Henni, nachdem der Maulwurf sich wieder in den Boden eingegraben hatte.

»Es wäre ihm zu wünschen« stimmte Hörg zu. »Lasst uns gehen. Der Weg bis zur Stadt ist noch weit.«

Die königlichen Berater, Henni und Hörg, waren in den Norden gezogen, um auch in Delta von den neuen Lehren ihres Volkes zu berichten. Kein Lemming sollte sich mehr nach Vollendung des 15. Lebensmonats in den Tod stürzen müssen. Nachdem ihr Freund Hilmer in der Hauptstadt Omega zum neuen König gekrönt worden war, hatten sie diese Nachricht bereits in die Städte Alpha, Beta und Gamma gebracht. Jetzt waren sie auf dem Weg zum letzten Ziel ihrer Mission.

»Irgendwie hatte ich mir den Norden anders vorgestellt«, sagte Norbert.

Der Lemming aus Alpha hatte sich den Brüdern als Helfer regelrecht aufgedrängt und ihnen schon einigen Ärger bereitet. Bisher war es den Missionaren nicht gelungen, ihn wieder loszuwerden. Aber der Norden war groß und beide waren sich sicher, dass sich noch eine Gelegenheit finden würde, sich von Norbert zu trennen.

»Wir sind gerade einmal fünf Minuten gelaufen und können immer noch zur anderen Flussseite schauen«, erwiderte Henni. »Was hast du erwartet?«

»Ich meine ja nur …«

»Pass lieber auf, dass du nicht von den gemeinen Norddämonen gefressen wirst.« Hörg sah Norbert ernst an und musste sich das Lachen verkneifen, als sich dessen Gesichtszüge vor Angst verzerrten.

»Ich habe Geschichten aus diesem Teil unseres Reiches gehört, die einem das Fell vom Körper abstehen lassen«, berichtete Henni. »Hoffentlich bereust du deine Entscheidung, uns hierher zu folgen nicht.«

»Ihr wollt mir ja nur Angst machen.«

»Nichts läge uns ferner.« Hörg wechselte einen kurzen Blick mit seinem Bruder, konnte sich dann nicht mehr beherrschen und prustete los.

Die königlichen Berater lachten, bis ihnen die Tränen

über die Wangen liefen. Norbert sah die beiden beleidigt an und verbrachte die nächste Stunde schmollend.

Die Reisenden entfernten sich nun immer weiter vom Fluss. In der Ferne sahen sie zwei Berge, die nebeneinander in die Höhe ragten. Wie sie aus den alten Schriften wussten, lag dort Delta. Sie hofften, dass sie die Stadt noch vor Einbruch der Dunkelheit erreichen würden.

Zu ihrem Ärger schätzten die königlichen Berater die Entfernung zum Gebirge aber völlig falsch ein. Als es begann, dunkel zu werden, hatten sie gerade einmal die Hälfte des Weges zurückgelegt. So blieb den Lemmingen nichts anderes übrig, als im Schutz eines Wäldchens die Nacht zu verbringen.

2

Am nächsten Morgen taten den drei Lemmingen alle Knochen weh. Sie waren es nicht mehr gewohnt, im Freien zu schlafen. Dementsprechend schlecht gelaunt machten sie sich wieder auf den Weg nach Delta. Norbert war intelligent genug, die beiden königlichen Berater nicht weiter zu reizen. Er ging schweigend hinter den Brüdern her.

Nach etwa zwei Stunden legten die Wanderer eine Rast ein. Plötzlich sahen sie, wie dort, wo sie die Stadt vermuteten, an vier verschiedenen Stellen Rauchschwaden in den Himmel stiegen.

»Was ist denn dort los?«, fragte Norbert neugierig.

»Es brennt«, gab Henni mürrisch zurück.

»Das sehe ich auch. Aber warum?«

»Woher sollen wir das wissen? Wir sind genauso weit von Delta entfernt wie du.« Hennis Laune war in den letzten Stunden nicht besser geworden. Seitdem sie auf ihr Daxi verzichten mussten, war die Reise deutlich anstrengender geworden.

»Interessiert es euch denn gar nicht, was da los ist?«

»Doch, Norbert«, antwortete Hörg. »Aber wir werden es erfahren, wenn wir dort sind.« Tatsächlich war er durch den Rauch wesentlich beunruhigter, als er ihrem Helfer gegenüber zugeben wollte, und er vermutete, dass es seinem Bruder genauso ging. Besorgniserregend war vor allem, dass es an verschiedenen Stellen gleichzeitig brannte. Das konnte unmöglich ein Zufall sein.

»Lasst uns weitergehen«, schlug Hörg vor und stand auf. »Weit ist es ja nicht mehr.«

Hennis Gesichtsausdruck war anzusehen, dass er lieber noch eine Weile ausgeruht hätte. Dennoch folgte er dem Vorschlag seines Bruders wortlos. Norbert lief auf dem weiteren Weg ein Stück vor den königlichen Beratern. Es fiel ihm offensichtlich schwer, seine Neugierde im Zaum zu halten.

Hörg wollte aber auf keinen Fall völlig erschöpft in Delta ankommen und beschleunigte das Tempo daher nicht.

Als die ersten Ausläufer der Stadt zu sehen waren, traten den Reisenden plötzlich zwei Lemminge in Rüstungen entgegen.

»Wohin des Weges?«, fragte einer der beiden.

»Wir sind königliche Gesandte aus der Hauptstadt unterwegs zum Regenten in Delta«, gab Hörg zurück. »Gebt den Weg frei!«

»Das werden wir nicht. Es ist Fremden in diesen schwierigen Zeiten nicht gestattet, unsere Stadt zu betreten. Kehrt um und geht dorthin zurück, wo ihr hergekommen seid.«

»Du hast mir wohl nicht richtig zugehört. Ich habe gesagt, dass wir auf Wunsch unseres Königs hier sind. Bringt uns sofort zu eurem Regenten!«

»Nein.«

Für einen Moment glaubte Hörg, sich verhört zu haben. Dann schüttelte er ärgerlich den Kopf. Offensichtlich waren diese Soldaten schwer von Begriff. »Ich weiß nicht, was ihr beiden Spaßvögel hier treibt. Wenn ihr euch aber weiterhin weigert, meinem Wunsch nachzukommen, werdet ihr dieses Verhalten noch bitter bereuen. Wer seid ihr überhaupt?«

»Wir sind Soldaten der Leibgarde des Königs«, sagte der Sprecher der beiden und stemmte die Pfoten in die Hüften.

»Was soll dieser Unsinn?«, brauste nun Henni auf. »Hilmer ist König über das Reich der Lemminge. Das schließt dieses Gebiet mit ein.«

»Das war vielleicht einmal so. Jetzt hat Konan hier das Sagen. Wir nennen ihn ,den König des Nordens'.«

»Euch scheint die raue Luft hier oben nicht zu bekommen«, regte sich Hörg auf. »Hilmer wird nie einen zweiten Regenten neben sich akzeptieren.«

»Was will er dagegen tun?«

»Das werden wir mit diesem Konan besprechen.« Hörg sah ein, dass es wenig Sinn machte, weiter mit den beiden Soldaten zu diskutieren. Mit den Pfoten gab er seinem Bruder ein Zeichen.

Als dieser nickte, stürmten die königlichen Berater zugleich auf die beiden Soldaten zu und stießen sie einfach um, bevor sie zu einer Gegenreaktion fähig waren.

»Komm, Norbert«, schrie Henni und die drei Lemminge stürmten an ihren Artgenossen vorbei, die hilflos auf dem Boden lagen und verzweifelt versuchten, wieder auf die Pfoten zu kommen.

Hörg hatte darauf gesetzt, dass die Soldaten durch ihre Rüstungen so stark behindert wurden, dass sie ihnen nicht folgen konnten, und behielt recht. Nach etwa hundert Metern blieb er stehen und drehte sich um. Er lachte kurz, als er sah, wie die beiden versuchten, sich gegenseitig beim Aufstehen zu helfen. Dann lief er weiter.

»Unsere Artgenossen im Norden scheinen noch verrückter zu sein, als ich vermutet habe«, sagte Henni, nachdem sie das Tempo wieder verringert hatten.

»Das fürchte ich auch«, stimmte Hörg zu. »Ich denke, wir werden hier noch einiges zu tun bekommen.«

»Helmut hat dieses Gebiet völlig vernachlässigt. Kein Wunder, dass die hier machen, was sie wollen und einen eigenen König krönen.«

»Das werden wir denen schon austreiben. Zur Not bitten wir Hilmer, uns die Ratten zu schicken.«

»Schau dir die Rauchsäulen an«, sagte Henni. »Wie es aussieht, befinden sich unsere Brüder bereits im Krieg.«

»Fragt sich nur, gegen wen.«

»Auch das werden wir herausfinden.«

»Wollt ihr euch wirklich mit einer ganzen Stadt anlegen?«, fragte Norbert ängstlich.

»Noch kannst du umkehren«, antwortete Hörg. »Wir halten dich nicht auf.«

»Wenn ich es nicht besser wüsste, könnte ich meinen, dass ihr mich loswerden wollt.«

»Aber Norbert, wie kommst du denn darauf?«

»Hörg hat recht, wir könnten nie auf dich verzichten.«

»Es klingt komisch, wie du das sagst.«

Henni und Hörg gingen nicht weiter auf Norberts Kommentar ein und konzentrierten sich stattdessen auf das Stadttor, dem sie sich langsam näherten. Sie hatten Delta fast erreicht. Von ihren Verfolgern war weit und breit nichts zu sehen.

»Halt!«, befahl einer der beiden Wächter, als sie schließlich am Tor ankamen. »Wer seid ihr und was wollt ihr hier?«

»Wir sind den weiten Weg aus Omega angereist, um

dem König des Nordens unsere Aufwartung zu machen«, antwortete Henni.

»Wir haben strikte Anweisung, niemanden in die Stadt zu lassen.«

»Das haben uns eure Kameraden auch schon gesagt. Wir konnten sie aber davon überzeugen, dass wir in guter Absicht kommen und sie haben uns weitergeschickt.«

»Wenn das so ist, dann dürft ihr passieren. Wir leben in gefährlichen Zeiten. In der Stadt seid ihr sicher.«

»Wollt ihr Konan jetzt doch als König anerkennen?«, fragte Norbert, als sie das Tor durchschritten hatten.

»Nein. Das hat mein Bruder nur gesagt, damit die Wachen uns durchlassen.«

»Das war ein cleverer Schachzug.«

»Ja, Norbert. Das war es.« Hörg rollte genervt die Augen. Auch wenn ihr Helfer durchaus seine guten Seiten hatte, war es manchmal sehr anstrengend mit ihm. »Jetzt werden wir uns erst einmal diesen Konan ansehen. Sei du einfach still und überlass das Reden Henni und mir.«

3

Den Palast hatten die drei Lemminge schnell gefunden. Er lag in der Stadtmitte und sie erreichten ihn über einen großen Marktplatz, auf dem allerdings wenig los war. Von den Bränden sahen sie nichts. Die Rauchsäulen schienen außerhalb der Stadtmauer aufzusteigen. Hörg kam die Ruhe in Delta trügerisch vor. Irgendetwas stimmte hier ganz und gar nicht.

An der Eingangstür zum Palast stand nur ein Wächter. Auch er trug die unbequeme Rüstung, die sie schon bei den anderen Soldaten gesehen hatten.

»Ihr könnt hier nicht einfach hereinmarschieren.«

»Doch das können wir«, sagte Hörg und gab dem

Wächter einen Stoß. Der fiel rücklings um und rollte die vier Treppenstufen vor dem Palast hinunter. Damit war der Weg frei.

Ohne weiter aufgehalten zu werden, gelangten die drei Lemminge in den Audienzsaal des Möchtegernkönigs. Konan, der durch die Krone auf seinem Kopf unschwer zu erkennen war, saß mit fünf seiner Gefolgsleute an einer Tafel. Als die drei den Raum betraten, sprangen alle von ihren Stühlen auf.

»Wer hat euch erlaubt, hier einzudringen?«

»Wir brauchen keine Erlaubnis, Konan«, gab Henni zurück.

»Es heißt ‚Euer Gnaden'«, blaffte einer der Gefolgsleute. »Kniet nieder und erweist dem König den nötigen Respekt.«

»Das werden wir nicht tun«, erklärte Hörg bestimmt. »Ich weiß nicht, was das alberne Theater hier soll, aber wir sind aus Omega und Mitglieder des neuen Rates. Offensichtlich wurde es Zeit, dass wir hier einmal nach dem Rechten sehen.«

»Ihr habt hier gar nichts zu melden«, sagte Konan. »Der Norden hat sich vom restlichen Reich der Lemminge abgekoppelt. Wir brauchen euren Helmut nicht mehr.«

»Helmut ist tot.« Hörg flüsterte die nächsten Worte zu seinem Bruder, sodass nur er sie hören konnte. »Die scheinen hier noch verrückter zu sein, als wir angenommen haben.«

»Dann ist er nicht mehr König?«

»Das hast du gut erkannt«, bestätigte Henni. »Unser Reich wird jetzt von Hilmer regiert, der vom Rat der vier Weisen unterstützt wird. Die Lehren des furchtlosen Wonibalt sind außer Kraft gesetzt und kein Lemming muss sich mehr nach dem 15. Lebensmonat selbst töten.«

»Und den Unsinn sollen wir euch glauben?« Konan

sah die beiden Missionare irritiert an. Dann begann er laut zu lachen und sprach zu seinem Beraterstab. »Ergreift diese Lügner und werft sie in den Kerker!«

»Das würde ich nicht tun«, sagte Hörg laut.

Tatsächlich hielten die Nordlemminge in ihrer Bewegung inne.

»Und warum nicht?«

»Wenn der rechtmäßige König nicht innerhalb der nächsten drei Tage eine Nachricht von uns bekommt, wird er sein Heer in Bewegung setzen. Wenn die Ratten über Delta herfallen, wird kein Stein auf dem anderen bleiben. Das kann ich euch versprechen.«

»Ratten?«

»Ja, Konan«, bestätigte Henni die Worte seines Bruders. »Wie Hörg bereits ausführte, hat sich in Omega einiges geändert, seitdem Helmut als Lügner entlarvt wurde. Wir haben ein Bündnis mit unseren Freunden im Schicksalsberg geschlossen.«

In knappen Worten berichtete Hörg dann, was sich in Omega zugetragen hatte, nachdem sich Hilmer als Erster geweigert hatte, vom Schicksalsberg in den Tod zu springen. Die Mienen von Konan und seinen Untertanen wechselten zwischen Schrecken und Erstaunen. Keiner wagte es aber, die Rede des Missionars aus dem Süden zu unterbrechen.

Als Hörg seinen Bericht beendet hatte, schaute der selbsternannte König des Nordens zwischen ihm und seinen Beratern hin und her. Schließlich nickte er.

»Ihr könnt nicht erwarten, dass wir euch ohne Weiteres glauben und unser Reich mit Freuden in eure Hände legen. Verlasst den Raum und wartet vor der Tür. Ich muss mich mit meinen Heerführern beraten. Wir lassen euch rufen, wenn wir zu einer Entscheidung gekommen sind.«

»Einverstanden«, stimmte Hörg zu. »Eine Frage habe ich aber noch. Was ist hier los? Mit wem befindet ihr euch im Krieg?«

»Das geht euch nichts an.«

»Da bin ich anderer Meinung. Aber das können wir später klären.«

Gemeinsam mit Norbert verließen Henni und Hörg den Raum. Die drei Lemminge waren davon überzeugt, dass Konan letztlich einlenken würde. Ihm blieb im Grunde nichts anderes übrig. Delta war zu klein, um Krieg an zwei Fronten zu führen.

<h2 style="text-align:center">4</h2>

»Ich denke, Konan hat größere Probleme, als er uns gegenüber zugeben wollte«, sagte Hörg, sobald er mit Henni und Norbert allein war.

»Wie meinst du das?«, wollte sein Bruder wissen.

»Ist dir nicht aufgefallen, wie leer die Straßen der Stadt waren? Gegen wen auch immer die Lemminge hier Krieg führen, sie scheinen nicht gerade siegreich zu sein.«

»Das könnte stimmen. Vielleicht müssen wir die Ratten herholen, um Delta zu helfen.«

»Das ist möglich.«

»Es hat mich gewundert, wie Konan und seine Männer auf die Aufhebung der Massenselbstmorde reagiert haben«, sagte Henni.

»Es schien sie nicht sonderlich zu interessieren.«

»Eben. Wenn ich an die Heulerei in den anderen Städten denke, wundert mich das schon.«

Hörg sah die Sache ähnlich wie sein Bruder. Keiner der beiden hätte vorher sagen können, was sie sich von ihrer Reise in den Norden erwarteten. Dafür waren in den letzten Monaten und Jahren einfach zu wenige Nachrichten nach Omega durchgedrungen. Die jetzige Situation übertraf allerdings ihre kühnsten Vermutungen.

»Was dauert da nur so lange?«, fragte Norbert nach einer Weile.

»Das wüsste ich auch gerne«, sagte Henni. »Wenn sich in zehn Minuten nichts getan hat, gehen wir einfach rein.«

Die drei Lemminge konnten nicht ein Wort von dem verstehen, was im Audienzsaal gesprochen wurde. Entweder redeten die Männchen dort sehr leise oder die Türen im Palast waren so dick, dass sie jeden Laut schluckten.

Hörg wurde immer unruhiger. Auch Henni und Norbert traten ungeduldig von einer Pfote auf die andere. Das Verhalten von Konan und seinen Beratern war nicht nur ungewöhnlich, sondern auch äußerst unhöflich.

Endlich wurde die Tür zum Audienzsaal geöffnet und man bat die Reisenden einzutreten. Dieses Mal bot man ihnen sogar einen Platz zum Sitzen und einen Becher Wein an.

Nachdem sich alle gesetzt hatten, übernahm Konan das Wort.

»Ich gebe zu, dass uns euer Besuch sehr überrascht hat. Seit vielen Generationen kümmern sich die Lemminge auf der anderen Seite des Flusses nicht mehr darum, was im Norden passiert. Wir waren lange auf uns allein gestellt und sind es nicht gewohnt, bevormundet zu werden.«

»Es geht nicht darum, euch zu bevormunden«, warf Henni ein, wurde aber durch eine unwirsche Handbewegung des vermeintlichen Königs wieder zum Schweigen gebracht.

»Ich habe mich lange mit meinen Vertrauten beraten. Wir haben beschlossen, uns dem neuen König zu unterwerfen, wenn er dafür unser Volk unterstützt. Allein die Tatsache, dass ihr nun hier seid, zeigt, dass ihm der Norden nicht so egal ist wie seinen

Vorgängern.«

Hörg atmete erleichtert auf. Er hatte schon befürchtet, dass sie das neue Recht mit Gewalt nach Delta bringen müssten. Wenn Konan aber jetzt dazu bereit war, auf seine unrechtmäßige Krone zu verzichten, waren sie einen großen Schritt weiter.

»Es freut uns zu hören, dass du offensichtlich zu Recht als Regent der Stadt tätig bist. Diesen Titel werden dir weder Hilmer noch wir aberkennen. Wenn du ihm die Treue schwörst, kannst du dir des Schutzes durch unseren König gewiss sein.«

»Darf ich meine Krone behalten?«

»Nein.« Henni schüttelte entschieden den Kopf. »Zumindest darfst du sie nicht mehr tragen. Ich fürchte, dass dies Hilmer nicht gefallen würde. Nachdem das nun aber geklärt ist, bitten wir euch, uns zu sagen, was hier in der Stadt vor sich geht. Mit wem befindet ihr euch im Krieg?«

»Die Stadt wird von den Feldmäusen belagert«, erklärte Konan. »Heidi hat ihr Heer vor unseren Schutzwall zwischen den beiden Bergen geführt und damit den Weg in den Norden versperrt.«

»Wer?«, fragte Henni verwirrt.

»Die Feldherrin unserer Angreifer.«

»Ihr werdet von einem Weibchen belagert?«

»Das ist nichts Ungewöhnliches«, erklärte Konan. »Die meisten Krieger der Feldmäuse sind Frauen. Man nennt sie auch die Amazonen aus dem Norden. Heidi ist die Grausamste von allen.«

»Na, die muss ich mir unbedingt ansehen.« Henni warf seinem Bruder einen skeptischen Blick zu. Die Überraschungen nahmen kein Ende, seitdem sie einen Tag zuvor den Fluss überquert hatten.

»Wie lange dauert dieser Zustand schon an?«, fragte nun Hörg.

»Das geht bereits einige Monate so. Die Feldmäuse

versuchen immer wieder, den Wall zu überwinden. Bisher konnten wir sie allerdings abwehren.«

»Ihr müsst diese Heidi ganz schön geärgert haben, wenn sie derart hartnäckig ist«, stellte Henni fest.

»Wir sind uns keiner Schuld bewusst.«

»Das glaube ich dir. Dennoch muss es einen Grund geben, warum die Feldmäuse die Belagerung nicht aufheben.« Henni sah den Regenten von Delta herausfordernd an.

»Eine Sache gibt es da schon«, gab Konan zu.

»Und die wäre?«

»Heidi beschuldigt uns, die Statue der heiligen Rudolfa geraubt zu haben. Die Amazonen beten sie an, weil sie ihr Volk vor vielen Generationen in diese Gegend geführt hat, nachdem es seine Heimat verlassen musste. Die Feldmäuse werden nicht eher Ruhe geben, bis sie ihr Heiligtum zurückbekommen.«

»Habt ihr diese Statue denn?«, fragte Hörg.

»Nicht so direkt.«

»Was soll das nun wieder heißen? Müssen wir dir denn wirklich jeden Wurm einzeln aus der Nase ziehen? Wo ist diese Rudolfa?«

»Das wissen wir leider nicht. Die Statue wurde von unserem Historiker Sören geraubt.«

»Dann zwing den Kerl, Heidi diese Figur wieder zurückzugeben«, schimpfte Henni. »Das kann ja nicht so schwer sein.«

»Er ist tot. Leider hat er das Abbild der Rudolfa versteckt und wir haben nicht die geringste Ahnung, wo.«

»Was ist passiert?«, fragte Hörg und verdrehte genervt die Augen.

»Das wissen wir nicht. Wir haben seine Leiche am Ufer der Roga gefunden.«

»Habt ihr die Räume dieses Sörens nach Hinweisen durchsucht?«

»Natürlich, Hörg. Leider haben wir dort nichts Brauchbares gefunden.«

»Das ist in der Tat ein Problem«, sagte Henni.

»Könnt ihr uns helfen?«

»Wir müssen uns zunächst ein Bild von der Lage machen«, entschied Hörg. »Führe uns zum Befestigungswall.«

»Seid ihr sicher? Es ist sehr gefährlich dort.«

»Wir wollen da ja kein Picknick machen.« Hörg sah den Regenten ärgerlich an. Konan gehörte auf keinen Fall zu den intelligentesten Vertretern ihrer Art. Es war ein Wunder, dass er und seine Berater, die sich aus der kompletten Unterhaltung herausgehalten hatten, die Stadt hatten so lange verteidigen können.

Plötzlich stürmte einer der Soldaten in den Audienzsaal und baute sich aufgeregt vor Konan auf.

»Euer Gnaden, ihr müsst sofort kommen. Die Feldmäuse greifen den Wall an!«

Sofort breitete sich Panik unter Konans Beratern aus. Alle sprangen auf und riefen wild durcheinander.

Henni konnte nicht fassen, dass sich die Hoffnung der Stadt auf diesen Haufen Irrer stützte. »Seid endlich ruhig!«, schrie er die Nordlemminge an. »Das wird ja wohl nicht das erste Mal sein, dass Heidi angreift. Nehmt eure Waffen und macht, dass ihr nach draußen kommt. Ihr solltet bei euren Soldaten sein, anstatt wie kleine Welpen hier herumzuspringen.«

»Auf den Wall!«, befahl Konan, zog sein Schwert und stürmte nach draußen.

Tatsächlich befolgten die anderen Lemminge im Raum die Anweisung ihres Regenten und schlossen sich ihm an. Auch Henni, Hörg und Norbert machten sich auf den Weg. Sie wollten unbedingt sehen, wie groß die Armee war, die Heidi vor der Stadt in Stellung gebracht hatte.

5

Als die Missionare aus dem Süden gemeinsam mit Konan den Wall erreichten, herrschte dort helle Aufregung. Die Soldaten, die zur Verteidigung der Stadt eingesetzt waren, liefen herum wie ein wild gewordener Haufen Ameisen. Bogenschützen rannten sich gegenseitig um und stritten sich um die besten Plätze. Einige Schwertkämpfer standen hilflos da und schienen nicht zu wissen, was sie als Nächstes tun sollten.

»Habt ihr keine Hauptleute, die eure Männchen befehligen?«, wollte Henni von Konan wissen.

»Natürlich haben wir die. Meine Offiziere gehören zum Beraterstab, mit dem ich zusammensaß, als ihr in der Stadt eingetroffen seid.«

»Dann wird es Zeit, dass die Herren hier auftauchen und für Ordnung sorgen. Sie haben den Audienzsaal mit uns verlassen. Wo sind sie hin?«

»Vermutlich holen sie ihre Waffen.«

Tatsächlich kamen Konans Offiziere in diesem Moment auf den Verteidigungswall und brüllten ihren Soldaten Befehle zu. Henni hatte aber nicht den Eindruck, dass sich das Durcheinander unter den Lemmingen auflöste. Gemeinsam mit seinem Bruder trat der königliche Berater nach vorn, um sich einen besseren Überblick über die Lage zu verschaffen.

Der Wall war zwischen zwei Bergen errichtet worden und grenzte Delta so von den weiter nördlich gelegenen Gebieten ab. Die fugenlos aufeinandergesetzten Steinblöcke machten es unmöglich, die baumhohe Mauer zu überwinden. Auch über die Berge, deren steile Felswände Delta schützten, würde es eine angreifende Armee niemals schaffen können, die Stadt einzunehmen. Der Weg der Feldmäuse musste über den Wall führen.

Henni sah auf das Heer der Feldmäuse. Ihr Lager hatte Heidi in sicherer Entfernung von den Katapulten aufschlagen lassen. Von dort aus wurden vier hölzerne Belagerungstürme in Richtung Stadtbefestigung geschoben. Jeweils eine Hundertschaft Kriegerinnen liefen in ihrem Schutz auf Delta zu.

»Wenn sie es schaffen, diese Türme an den Wall zu bringen, wird die Stadt fallen«, flüsterte Hörg seinem Bruder zu.

»Das fürchte ich auch. Leider habe ich nicht den Eindruck, dass Konan imstande ist, etwas dagegen zu unternehmen.«

Die Lage für die Soldaten auf dem Wall sah in der Tat alles andere als rosig aus. Wie Henni aber erleichtert feststellte, schienen die Verteidiger zumindest eine gewisse Grundordnung in ihre Reihen bekommen zu haben. Zweifelhaft war, ob das gegen die offensichtlich wesentlich disziplinierteren Feldmäuse reichen würde. Henni befürchtete, dass es auf dem Wall zu wenige Soldaten gab, alle vier Belagerungstürme gleichzeitig abzuwehren, sollte es den Angreifern tatsächlich gelingen, sie in Stellung zu bringen.

Zu Hennis Überraschung waren die Nordlemminge aber durchaus in der Lage, etwas gegen die drohende Gefahr zu unternehmen.

»WONIBALT!«

Der Schrei kam von der linken Seite. Gleichzeitig drehten sich Norbert und die königlichen Berater um und sahen einen Feuerball auf einen der Belagerungstürme zufliegen. Das Geschoss traf und Henni hätte schwören können, dass es sich am Holz der Kriegsmaschine festhielt, bis dieses Feuer gefangen hatte. Was natürlich völlig absurd war.

Auch auf der rechten Seite wurde ein Katapult abgefeuert. Leider erhielt diesmal kein Turm einen

Treffer, lediglich ein paar Feldmäuse dahinter fielen den Flammen zum Opfer. Es dauerte aber nur wenige Augenblicke, bis ein weiterer Feuerschweif gegen feindliches Gerät unterwegs war. Diesmal hatten die Lemminge auf dem Wall besser gezielt und konnten den zweiten der vier Belagerungstürme ausschalten.

»Hast du das gesehen?«, schrie Hörg und schaute seinen Bruder entsetzt an.

»Natürlich. Unsere Freunde haben einen ersten Sieg errungen. Warum schaust du so?«

»Weil sie mit unseren Artgenossen schießen.«

»Was?«

»Die Katapulte haben brennende Lemminge abgeschossen.«

Henni spürte, wie sich sein Hals langsam zuzog. Konnte sein Bruder mit dieser furchtbaren Vermutung recht haben? »Wir müssen sofort mit Konan sprechen.«

»Seid ihr von allen guten Geistern verlassen?«, schrie Hörg den Regenten von Delta an. »Wer hat befohlen, dass unsere eigenen Männchen auf die Katapulte gelegt und angezündet werden?«

»Es waren auch Weibchen dabei.«

»Das macht die Sache nicht besser.« Hörgs Gesicht lief purpurrot an. »Hatten wir dir nicht ausdrücklich erklärt, dass die Selbstmorde unserer Artgenossen ein Ende haben müssen.«

Henni befürchtete, dass sein Bruder vor Zorn platzen würde, wenn ihm Konan noch eine ähnlich dumme Antwort gab. »Es handelt sich sicher um kranke oder schwer verletzte Lemminge.«

»Nein, Henni. Seit der Krieg begonnen hat, springen wir nicht mehr vom Todesfelsen, um in das gelobte Land einzuziehen. Es ist eine Ehre für jeden von uns, sein Leben für die Verteidigung der Stadt zu lassen.«

»Ihr opfert eure Soldaten und werdet dadurch immer

schwächer!«, schrie nun auch Henni den Regenten an. »Das könnt ihr doch nicht machen!«

»Natürlich können wir das. Wir übergießen unsere Todgeweihten mit Pech, stecken sie an und schleudern sie den Feldmäusen entgegen.«

»Warum nehmt ihr kein Holz?« Hörg fiel es nun sichtlich schwer, sich weiterhin zu beherrschen und nicht persönlich dafür zu sorgen, dass Konan als Nächster über den Wall flog.

»Weil es sich schlecht auf dem Fell verreiben lässt.«

»Was?« Hörg sah den Regenten einen Moment lang irritiert an und explodierte. »Ich meinte, dass ihr das Holz mit Pech übergießen und dann anzünden könntet, du hirnverbrannter Idiot.«

»Das könnten wir natürlich machen«, gab Konan zu.

»Ab sofort werden keine Lemminge mehr auf diese Art in den Tod geschickt«, sagte Henni entschlossen. »Dieser Wahnsinn muss ein Ende haben!«

»Hört sofort auf, ihr Verrückten!«, schrie Hörg und rannte auf eines der Katapulte zu.

Zwei Soldaten waren kurz davor, einen ihrer Kameraden mit Pech zu übergießen. Die Lemminge sahen den Besucher aus dem Süden sichtlich verwirrt an, setzten ihr Vorhaben aber nicht weiter fort.

»Ab sofort wird kein lebender Lemming mehr als Munition für die Katapulte benutzt«, sagte Hörg energisch und zog den Todgeweihten von dem Katapult weg. Der wehrte sich und trat mit allen vier Pfoten nach dem Missionar, ohne ihn dadurch aufhalten zu können.

»Sofort aufhören!«, befahl Konan mit energischer Stimme, der mit Henni und Norbert ebenfalls zum Katapult gelaufen war. »Hörg hat recht. Wir brauchen hier oben jedes Männchen und können uns nicht leisten, unsere Soldaten in das gelobte Land zu schicken.«

Henni atmete erleichtert auf. Zum ersten Mal verhielt sich Konan so, wie man es vom Regenten der Stadt erwarten konnte. Die Soldaten würden diese taktische Erklärung im Moment schneller akzeptieren als die Tatsache, dass es kein gelobtes Land gab.

»Legt Holzklötze auf die Katapulte, übergießt sie mit Pech und zündet sie an«, befahl Konan. »Dann schießt Heidis Kriegsmaschinen in Stücke.«

Einer der Offiziere übermittelte den Befehl an die Besatzungen der anderen Katapulte und die Soldaten auf dem Wall beschossen die verbliebenen Belagerungstürme mit brennenden Holzklötzen. Die Bogenschützen zielten auf die Feldmäuse, die sich vor den einschlagenden Geschossen in Sicherheit bringen wollten.

Hennis Hoffnung wuchs, dass sie den Angriff abwehren konnten, als eine der beiden Kriegsmaschinen in Flammen aufging. Die Zweite war allerdings bereits so nahe an den Wall herangebracht worden, dass die Katapulte über sie hinwegschossen.

»Schießt mit brennenden Pfeilen!«, schrie Hörg und griff selbst zu einem Bogen.

Die Soldaten aus Delta zweifelten die Befehlsgewalt des königlichen Beraters nicht an und folgten seinem Beispiel. Es gelang, mehrere kleine Feuer am Belagerungsturm zu entfachen, aufhalten konnten sie ihn jedoch nicht. So schafften es die Angreifer, das Gerät bis an den Wall zu bringen. Die Feldmäuse kletterten an Holzleitern nach oben und stürzten sich auf die Verteidiger.

»Wir müssen das Ding in Brand stecken«, sagte Hörg zu Norbert und zog ihn mit sich, während sich sein Bruder mit einem Schwert bewaffnete und den Angreifern entgegenschritt.

Immer mehr Feldmäuse gelangten auf den Wall und die Verteidiger würden sich nicht mehr lange halten können.

Gemeinsam mit Norbert nahm Hörg einen Kessel mit Pech. Sie kämpften sich zum Belagerungsturm durch und kippten die heiße Flüssigkeit nach unten. Binnen Sekunden stand die Kriegsmaschine in Flammen. Den Feldmäusen auf dem Wall war der Rückweg abgeschnitten und es konnten keine weiteren mehr nach oben klettern.

Konans Soldaten beschossen die Gegner unterhalb der Stadt mit Pfeilen, sodass ihnen keine andere Wahl blieb, als sich in ihr Lager zurückzuziehen.

Henni focht verzweifelt gegen eine Kriegerin und hätte wohl keine Chance gehabt, wenn ihm Norbert nicht zur Hilfe gekommen wäre und den Zweikampf mit einem Pfeil beendet hätte.

Weil die Feldmäuse auf dem Wall auf sich allein gestellt waren, gelang es den Lemmingen jetzt schnell, ihre Feinde zu überwältigen, die sich trotz ihrer hoffnungslosen Unterzahl nicht ergeben wollten. Die toten Feldmäuse warfen sie über den Wall zurück nach unten.

»Diesmal war es mehr als knapp«, sagte Konan und atmete erleichtert auf. »Ich hoffe, es wird einige Zeit dauern, bis Heidi neue Belagerungstürme zur Verfügung hat.«

»Hat sie diese Ungetüme schon öfters eingesetzt?«, wollte Norbert wissen.

»Bisher nicht. Bisher haben uns die Feldmäuse nur mit Katapulten beschossen und wir konnten sie bei jedem Angriff wieder zurückdrängen, ohne dass der Wall größeren Schaden genommen hat.«

Konan, Norbert, Henni und Hörg standen gemeinsam an der Stelle, wo sie den letzten Belagerungsturm vernichtet hatten, und schauten zum Lager ihrer Feinde.

»Diese Heidi scheint ihr komplettes Volk vor der Stadt

aufgebaut zu haben«, stellte Hörg betroffen fest.

»Nur die Weibchen«, entgegnete Konan. »Ihre Männchen sind zu Hause und passen auf die Kleinen auf.«

»Dann können wir nur hoffen, dass Heidi ihre Lieben bald vermisst und mit ihren Amazonen abzieht.«

»Das wird nicht passieren«, sagte Konan. »Nicht umsonst wird sie von ihren Kriegerinnen als die eiserne Jungfrau bezeichnet. Sie wird erst abziehen, wenn wir ihr die Statue der heiligen Rudolfa übergeben.«

»Wir müssen dieses Ding finden«, stellte Hörg fest und sah den Regenten entschieden an. »Irgendeinen Hinweis muss dieser Sören doch hinterlassen haben.«

»Wir haben seine Gemächer bereits mehrmals durchsucht.«

»Dann müssen wir es eben noch einmal tun.«

»Das werden wir auch«, stimmte Henni seinem Bruder zu. »Zuerst sprechen wir aber mit Heidi. Sie muss uns einen Waffenstillstand gewähren, damit wir Zeit haben, ihre Forderung zu erfüllen.«

»Ihr wollt wirklich mit diesem blutrünstigen Weibsstück sprechen?«

»Hast du eine bessere Idee?«, gab Hörg zurück.

»Was ist mit den Nagern?«

»Wie meinst du das?«

»Ihr habt gesagt, dass ihr ein Heer von Ratten gegen uns ins Feld führen würdet, wenn ich nicht auf die Krone verzichte. Könnten uns die jetzt nicht gegen die Feldmäuse beistehen?«

»Theoretisch schon«, bestätigte Hörg. »Wenn wir ein Blutbad vermeiden wollen, sollten wir aber eine friedliche Lösung suchen. Eine offene Schlacht gegen die Feldmäuse würde zu großen Verlusten unter euren Soldaten führen. Selbst dann, wenn wir die Ratten auf unserer Seite hätten.«

»Wir müssen ja nicht angreifen und können Heidis Heer hier erwarten.«

»Nein, Konan«, sagte Hörg unumstößlich. »Einer Belagerung könnten wir sicher noch eine Zeit lang standhalten. Irgendwann gehen uns aber die Vorräte aus. Dann sind wir es, die einen Angriff wagen müssen.«

»Mein Bruder hat recht«, sagte Henni. »Wir gehen jetzt zu dieser Feldherrin und reden mit ihr.«

»Wenn ihr unbedingt zu der Verrückten gehen wollt, werde ich euch nicht aufhalten. Ich fürchte aber, dass Heidi euch sofort töten lässt, wenn ihr euch auf den Weg zu ihrem Lager macht.«

»Nicht, wenn wir mit einer weißen Fahne kommen. Sie will ja etwas von euch. Also wird sie auch bereit sein, mit uns zu verhandeln. Habt ihr das denn niemals versucht?«

»Wir sind doch nicht lebensmüde«, beantwortete Konan Hörgs Frage. »Als Heidi damals hier ankam, hat sie ihre Forderungen gestellt. Nachdem wir ihr gesagt hatten, dass wir die Statue nicht haben, begann die Belagerung.«

»Du willst sagen, dass ihr danach nie mehr versucht habt zu verhandeln?«

»Was hätte das bringen sollen?«

»Konan, du bist ein Vollidiot«, sagte Hörg zornig. »Es ist kein Wunder, dass Heidi eure Stadt nicht in Ruhe lässt, wenn ihr nicht einmal den Versuch unternehmt, eine friedliche Lösung vorzubringen. Mein Bruder und ich gehen da jetzt hin.«

»Ihr werdet es niemals schaffen, zu der Feldherrin durchgelassen zu werden.«

»Das werden wir ja sehen.«

6

Wenige Augenblicke später standen Henni, Hörg und Norbert vor dem Wall. Sie hatten sich von einem der Soldaten ein weißes Laken geben lassen und es an eine Stange gebunden. Jetzt konnten sie nur hoffen, dass die Feldmäuse das Zeichen verstanden und akzeptierten.

»Dieser Konan ist wirklich die Unfähigkeit in Person.«

»Das ist richtig«, pflichtete Henni seinem Bruder bei.

»Und seine Berater sind auch nicht besser. Es grenzt an ein Wunder, dass die Feldmäuse Delta noch nicht eingenommen haben. Ohne uns wäre dies heute geschehen.«

»Hoffentlich ist Heidi nicht genauso beschränkt. Sonst können wir unsere Mission abblasen.«

»Ich befürchte das Schlimmste. Du darfst nicht vergessen, dass sie eine Feldmaus ist.«

»Wäre es nicht klüger, wenn ich als eure Rückendeckung in der Stadt bleibe?«, mischte sich Norbert in das Gespräch der beiden Missionare ein.

»Das könnte dir so passen«, entgegnete Henni. »Falls es wirklich zu einem Kampf kommt, brauchen wir jede Pfote.«

»Aber wir haben noch nicht einmal Waffen.«

»Natürlich nicht«, sagte Hörg ärgerlich. »Es wäre sicher kein gutes Zeichen, wenn wir die weiße Fahne an ein Schwert binden würden. Du bleibst bei uns. Dann kannst du wenigstens keine Dummheiten machen.«

Norberts Gesichtsausdruck zeigte, wie wenig Begeisterung er für das Vorhaben aufbringen konnte. Er war aber klug genug, den Mund zu halten und die beiden königlichen Berater nicht weiter zu reizen.

Sie hatten etwa die Hälfte des Weges zurückgelegt,

als zwei Amazonen auf sie zukamen. Natürlich hatten die Kriegerinnen längst bemerkt, dass Besuch unterwegs war. Jetzt war Henni gespannt, ob die Feldmäusinnen tatsächlich so blutrünstig und gefährlich waren, wie behauptet wurde. Allein ihr Anblick war ihm unheimlich. Ihre Zitzen waren mit halbierten Eicheln bedeckt, die mit geflochtenem Gras zusammengehalten wurden. Außerdem wurde ihr Geschlechtsteil durch ein Blatt geschützt. Die Schwerter in den Pfoten der Amazonen trugen nicht dazu bei, Henni zu beruhigen.

»Was wollt ihr hier?«, fragte eine der Amazonen, als sie und ihre Gefährtin die drei Lemminge erreichten.

»Wir tragen eine weiße Fahne und sind auf dem Weg ins feindliche Lager. Selbstverständlich sind wir hier, um Pilze zu sammeln.«

Henni rammte seinem Bruder den Ellenbogen in die Seite. War Hörg von allen guten Geistern verlassen? Es war sicher wenig hilfreich, wenn er die Kriegerinnen auf ihrem Territorium beleidigte.

»Es ist die falsche Jahreszeit für Pilze. Die wachsen erst im Herbst.«

»Die sind noch blöder als Konan«, flüsterte Hörg seinem Bruder zu und wandte sich dann wieder an die Amazone. »Wir sind gekommen, um mit deiner Herrin zu sprechen.«

»Die weiß auch nicht, wo es hier Pilze gibt.«

»Darum geht es auch gar nicht. Wir wollen mit Heidi über die Bedingungen für einen Waffenstillstand verhandeln.«

»Warum sagt ihr das nicht gleich?«

Henni hätte die Kriegerin darauf hinweisen können, dass die weiße Fahne ein untrügsames Zeichen dafür darstellte, dass es ihnen darum ging zu verhandeln, verzichtete aber darauf. Sicher hätte die Amazone wieder etwas falsch verstanden. Wenigstens unterließ es Hörg nun auch, die Situation mit einer dummen Bemerkung weiter zu verschlimmern.

»Wir können euch nicht einfach zu unserer Feldherrin lassen«, sagte die Amazone nach einem Moment. »Wer garantiert uns, dass ihr sie nicht angreifen wollt?«

»Darauf gebe ich dir mein Wort«, sagte Henni.

»Das Wort eines Lemmings?«

»Dann hole eben eine Vorgesetzte. Wir tragen keine Waffen und sind nur zu dritt. Wenn wir wirklich eine so große Gefahr für eure Chefin darstellen, solltet ihr lieber nach Hause gehen.« Auch Henni fiel es nun schwer, ernst zu bleiben. Begriffsstutziger als das Mäuschen vor ihm, konnte man gar nicht sein.

»Spucken alle Lemminge so große Töne? Seid froh, dass wir euch nicht gleich getötet haben.«

»Wir hätten sicher nicht stillgehalten und dabei zugesehen. Unsere Absichten sind friedlich. Der Krieg muss ein Ende haben und wir sind gekommen, um mit Heidi gemeinsam nach einer Lösung für den Konflikt zu suchen. Ist das so schwer zu verstehen?«

»Ihr werdet hier warten.«

»Euer Wunsch ist uns Befehl«, antwortete Hörg und fing sich damit einen bösen Blick seines Bruders ein.

»Die Nordluft scheint den Eingeborenen nicht zu bekommen«, sagte Henni, nachdem die Amazonen außer Hörweite waren.

»Und es scheint schlimmer zu werden, je weiter wir ins Landesinnere vordringen«, stimmte Hörg zu. »Hoffen wir mal, dass Heidi wenigstens ein bisschen intelligenter ist.«

»Sie ist die Anführerin. Irgendwas muss sie ja für diese Position qualifizieren.«

»Ich denke, wir sollten lieber wieder umkehren.«

»Dich hat keiner gefragt, Norbert. Wir werden warten.« Hörg ließ sich auf dem Boden nieder und schaute gespannt auf das Lager der Angreifer. Henni und Norbert folgten seinem Beispiel.

7

Es dauerte über eine Stunde, bis die beiden Kriegerinnen endlich zu den wartenden Lemmingen zurückkehrten. Die Amazonen ließen sich nicht anmerken, ob die Nachricht, die sie den Missionaren brachten, für diese positiv oder negativ war.

»Die furchtlose Heidi gewährt euch eine Audienz«, sagte die Amazone, die bereits vorher das Sprechen für sich und ihre Gefährtin übernommen hatte.

»Das ist überaus großzügig von ihr«, sagte Hörg und zwang sich dabei, seine Stimme so unterwürfig wie möglich klingen zu lassen.

»Wir werden euch jetzt in das Zelt der Kommandantin bringen. Solltet ihr aber den kleinsten Versuch unternehmen, eine unserer Kriegerinnen anzugreifen, werden wir euch sofort töten.«

Henni verzichtete darauf, der Amazone zu erklären, dass dies nicht passieren würde, und nickte nur.

Die Sprecherin ging vor und die drei Lemminge schlossen sich ihr an. Die zweite Amazone bildete den Schluss. Als sie das Lager erreichten, starrten die Feldmäuse dort die Lemminge hasserfüllt an. Ihren Gesichtern war anzusehen, dass sie sich am liebsten sofort auf die ungebetenen Besucher gestürzt hätten.

Hörg sah ein Zelt, in dem Verwundete behandelt wurden, aber auch Plätze, an denen Tote zusammengetragen und auf einen Holzstapel gelegt wurden. Der fehlgeschlagene Angriff hatte offensichtlich zu großen Verlusten unter den Amazonen geführt. Ihr Kampfeswille schien dennoch ungebrochen zu sein.

Je näher die Gruppe an das Quartier der Heerführerin

herankam, umso dichter standen die Zelte zusammen. Die Amazonen ließen ihre Gefährtinnen und die drei Lemminge kommentarlos passieren, viele von ihnen legten aber die Hand auf ihren Schwertknauf. Vor Heidis Unterkunft standen zwei Amazonen mit gezogenen Waffen.

»Geht zur Seite!«, sagte die Führerin der drei Lemminge. »Unsere Herrin weiß, dass wir auf dem Weg zu ihr sind.«

Hörg hielt den Wächterinnen die weiße Fahne vor die Nase und lächelte sie an. Ihre Blicke zeigten aber unmissverständlich, dass er von ihnen nichts Gutes zu erwarten hatte. Die drei Lemminge mussten die Feldherrin überzeugen, wenn sie das Lager wieder lebend verlassen wollten.

»Ihr wartet hier«, sagte ihre Führerin und betrat das Zelt. Nach wenigen Augenblicken kehrte sie zurück und befahl Henni, Hörg und Norbert einzutreten.

Das Zelt war voller Dampf, sodass die drei Lemminge einen Moment lang brauchten, bis sie etwas erkennen konnten. Als sie dann besser sahen, wünschten sie sich, dass der Nebel noch dichter wäre. Am Eingang standen zwei Amazonen mit Schwertern und sahen die Besucher aus finsteren Augen an.

Heidi lag in einer großen Holzwanne und nahm ein heißes Bad. Im Hintergrund waren auf einem Tisch Speisen und Getränke aufgebaut. Die Schlafstätte der Feldherrin befand sich direkt daneben. Ein Anblick, auf den Henni gerne verzichtet hätte.

»Ich denke, ihr erwartet nicht von mir, dass ich mich aus meinem Bad erhebe.«

»Zur Schneeeule, nein«, entfuhr es Hörg. Auf keinen Fall wollte er die Feldmaus nackt und mit nassem, eng am Körper liegendem Fell sehen. Der Blick, den ihm Henni zuwarf, war mindestens genauso feindselig wie Heidis. »Ich wollte damit sagen, dass du dir wegen uns keine Umstände machen musst«, sagte er schnell.

»Das wollte ich dir auch geraten haben«, zischte Heidi ärgerlich. »Auch wenn ihr im Zeichen des Friedens kommt, bedeutet das nicht, dass ich mir eure Frechheiten anhören werde. Wenn mir das, was ihr zu sagen habt, nicht gefällt, lasse ich euch die Köpfe abschlagen und koche eine Suppe daraus. Was wollt ihr hier?«

»Die Kämpfe müssen aufhören«, antwortete Henni, bevor Hörg irgendetwas Dummes sagen konnte. »Wir sind hier, um Friedensverhandlungen zu führen.«

»Den Weg hättet ihr euch sparen können. Konan weiß, warum wir seine Stadt angegriffen haben.«

»Wir sind über die Umstände informiert. Dennoch muss es eine Möglichkeit geben, diesen Krieg zu beenden. Es ist genug Blut geflossen. Aber lass mich uns zunächst vorstellen. Mein Name ist Henni. Mein Bruder Hörg und ich sind königliche Berater aus Omega und gemeinsam mit unserem Gehilfen Norbert nach Delta gekommen, um über die Entwicklungen im Süden zu berichten. Dass wir hier in einen Krieg geraten, konnten wir nicht ahnen.«

»Ich habe mir gleich gedacht, dass ihr nicht aus Delta kommen könnt. Konan ist zu feige, zu mir zu kommen, und verschanzt sich lieber hinter seinem Wall. Wie hat er euch dazu gebracht, mich hier aufzusuchen?«

»Er hat uns nicht geschickt«, antwortete Hörg. »Wie mein Bruder bereits sagte, sind wir Berater des Königs des ganzen Lemmingreiches. Dieses schließt auch Delta ein und somit stehen wir über Konan.«

»Dann sagt dem Kerl, er soll uns unser Heiligtum zurückgeben. Dann werden wir die Belagerung sofort aufheben.«

»Konan weiß selbst nicht, wo sich die Statue der heiligen Rudolfa befindet«, erklärte Henni.

»Was wollt ihr dann hier? Wir werden die Stadt ohne

unser Eigentum nicht verlassen.«

»Das verlangen wir auch nicht. Wir konnten den Regenten von Delta überzeugen, euch die Statue auszuhändigen. Dazu müssen wir sie aber erst finden. Der Lemming, der die heilige Rudolfa geraubt hat, ist leider nicht mehr am Leben. Er hat die Figur versteckt und Konan konnte bisher keinen Hinweis auf ihren Verbleib finden.«

»Dann solltet ihr euch auf die Suche machen und hier keine großen Reden schwingen.«

»Genau das beabsichtigen wir zu tun«, sagte Henni. »Wir sind gekommen, um dich um einen Waffenstillstand zu bitten. Ich versichere dir, dass wir alles tun werden, um die heilige Rudolfa zu finden.«

»Wer garantiert mir, dass ihr wirklich nach unserem Heiligtum sucht und die Zeit nicht nutzt, einen Schlag gegen uns vorzubereiten?«

»Wir versichern dir, dass dies nicht geschehen wird«, meinte Hörg.

»Das reicht mir nicht. Euer Volk hat mir in der Vergangenheit keinen Grund gegeben, einem Lemming zu vertrauen. Im Gegenteil haben wir von Konan nur Ausflüchte gehört, als wir hier ankamen und unser Eigentum zurückforderten.«

»Als Zeichen unseres guten Willens, könnten wir dir unseren Gehilfen hier als Pfand zurücklassen.«

»Was?«, schrie Norbert entsetzt auf. »Das kann unmöglich dein Ernst sein.«

»Es wird dir nichts passieren«, versuchte Hörg, dem dieser Vorschlag seines Bruders außerordentlich gut gefiel, den Lemming aus Beta zu beruhigen. »Sicher ist das Volk der Feldmäuse so ehrenhaft, sich an eine getroffene Vereinbarung zu halten.«

»Seid ihr wahnsinnig? Nach allem, was ich für euch getan habe, könnt ihr doch nicht ernsthaft in Erwägung ziehen, mich hier zu lassen.«

»Wir haben keine andere Wahl.«

»Bitte, Henni. Die Amazonen werden mich töten. Ihr habt doch selbst gesehen, wie blutrünstig sie uns angeschaut haben.«

»Sei jetzt still«, sagte Hörg und versuchte dabei, einen drohenden Ton in seine Stimme zu legen. Auch wenn er Norbert durchaus verstehen konnte und selbst genauso wenig Lust hätte, im Lager der Feldmäuse zurückzubleiben, wie ihr Gehilfe, war dies vermutlich die einzige Möglichkeit, Heidi zu einem Waffenstillstand zu bewegen.

»Seid ihr jetzt fertig?«, fragte Heidi ungeduldig und schaute ihre Gäste mit gerunzelter Stirn an.

»Unser Gehilfe wurde gerade ein wenig überrascht«, erklärte Henni. »Was hältst du von unserem Vorschlag?«

Heidi sah ihre Besucher einen Moment lang nachdenklich an. Schließlich nickte sie. »Für ihren Frevel hätten es die Lemminge in Delta verdient, dass wir die Stadt dem Erdboden gleichmachen. Ich weiß aber auch, dass wir unser Heiligtum dann nicht zurückbekommen würden. Ich werde euer Angebot akzeptieren und gebe euch drei Tage Zeit.«

Hörg atmete innerlich erleichtert auf, versuchte aber, sich seine Gefühle nicht anmerken zu lassen. Norbert dagegen war deutlich anzusehen, was er von Heidis Entscheidung hielt. Er wurde kreidebleich, begann, am ganzen Körper zu zittern, und warf Henni einen flehenden Blick zu.

»Wir versprechen dir, dass wir die Zeit gut nutzen werden und alles daran setzen, die Statue der heiligen Rudolfa zu finden.« Hörg reichte der Feldherrin die Pfote, um die Abmachung zu besiegeln.

»Ich habe aber noch eine Bedingung«, sagte Heidi, bevor sie einschlug.

»Und die wäre?«

»Ingrid wird euch begleiten.«

»Was? Wieso?«

Hörg drehte sich zum Eingang des Zeltes um und sah dort, dass auch Feldmäuse ihre Gesichtsfarbe verlieren konnten. Die Amazone, die sie hergeführt hatte, wurde mindestens genauso bleich wie Norbert und starrte ihre Herrin an.

»Kann nicht eine andere mit den widerlichen Kerlen mitgehen?«

»Meine Entscheidung ist gefallen«, entgegnete Heidi. »Wage es nicht meine Befehle anzuzweifeln. Du weißt genau, dass ich Ungehorsam nicht akzeptieren kann und hart bestrafe.«

Ingrid nickte nur und blickte die drei Lemminge hasserfüllt an. Hörg verzichtete darauf, auf die Beleidigung der Amazone einzugehen. Er würde später noch ausreichend Gelegenheit haben, sich zu revanchieren.

»Dann sind wir uns also einig.«

»Ja.« Als Hörg Heidi die Pfote diesmal hin hielt, schlug die Feldherrin ein. »Ab jetzt habt ihr drei Tage Zeit, unser Heiligtum zurückzubringen. Schafft ihr das nicht, wird euer Freund sterben.«

»Dir ist klar, dass auch Ingrid dann nicht überleben wird«, sagte Hörg.

»Eine Amazone geht gerne in den Tod, wenn es der gemeinen Sache dient.«

Henni verspürte keine Lust, weiter mit Heidi zu diskutieren. Sie hatten viel erreicht und eine unüberlegte Bemerkung konnte großen Schaden anrichten. »Gehen wir«, sagte er und sah seinen Bruder auffordernd an.

Auch Heidi schien der Meinung zu sein, dass genug Worte gewechselt waren. Ingrid verließ das Zelt vor den königlichen Beratern und die beiden Kriegerinnen, die am Eingang Wache gestanden hatten, nahmen den wimmernden Norbert in Gewahrsam.

8

»Bist du immer so gesprächig?«, fragte Hörg die Amazone, als das Lager der Feldmäuse außer Hörweite war.

»Ich habe doch gar nichts gesagt.«

»Das war ironisch gemeint.«

»Wie meinst du das?«

»Vergiss es.«

Henni sah seinen Bruder grinsend an. Hörg konnte es einfach nicht lassen. Sicher würde die arme Ingrid sich in den nächsten drei Tagen noch einiges anhören müssen. Dass es sich bei der Amazone nicht gerade um das intelligenteste Wesen handelte, würde seinen Bruder nicht davon abhalten, seine Späße mit ihr zu treiben.

Die königlichen Berater hatten die Forderung gestellt, dass die Amazone ihre Waffen im Lager zurückließ, doch Heidi hatte abgelehnt und darauf hingewiesen, dass man die Vereinbarung auch auf der Stelle zurücknehmen konnte. So trug die Amazone im Gegensatz zu Henni und Hörg ein Schwert. Wahrscheinlich würde sie aber nicht so dumm sein, dieses gegen die Lemminge einzusetzen. Heidi hatte es nicht zugeben wollen. Für Henni stand aber fest, dass sie – genau wie er und sein Bruder – große Hoffnung in den Waffenstillstand setzte. Egal wie. Sie mussten die heilige Rudolfa finden.

»Freust du dich schon auf Delta?«, unternahm Hörg einen weiteren Versuch, Ingrid zu einem Gespräch zu bewegen.

»Warum sollte ich?«

»In der Stadt ist es sicher schöner als in einem Heerlager.«

»Ich fühle mich unter meinen Artgenossinnen wohler.«

»Das wird auf unseren Freund Norbert sicher nicht zutreffen.«

»Ihm wird nichts geschehen.«

»Das wollen wir hoffen.« Auch wenn Hörg sich nicht wirklich Sorgen um ihren Gehilfen machte, musste er zugeben, dass er um nichts auf der Welt mit ihm tauschen wollte. Es war schon schlimm genug, eine Feldmaus als Begleiterin zu ertragen. Ingrid war in ihrer Rüstung alles andere als ansehnlich. Hörg war sich aber sicher, dass er sie nicht hübscher finden würde, wenn sie diese ablegte. Außerdem roch sie streng.

Das ungleiche Trio hatte den Befestigungswall der Stadt fast erreicht, als Ingrid langsamer wurde.

»Was ist los?«, wollte Henni wissen. »Du hast doch nicht etwa Angst?«

Ingrid sah den königlichen Berater ärgerlich an. »Ich fürchte mich nicht vor euren Soldaten. Sollten sie mich angreifen, werde ich einige von ihnen mit in den Tod nehmen.«

»Bleib mal locker«, sagte Hörg. »Du bist bei uns mindestens genauso sicher wie Norbert bei deiner Heidi.«

»Sie ist nicht meine Heidi.«

»Wie auch immer. Solange du dich benimmst, werden dich die Lemminge in Ruhe lassen, auch wenn sie sicher nicht erfreut über deinen Besuch sein werden.«

Wie recht Hörg mit dem zweiten Teil seiner Behauptung hatte, zeigte sich wenige Augenblicke später. Die beiden Soldaten, die am Tor unterhalb des Walls auf die königlichen Berater warteten, schauten Ingrid voller Entsetzen und Abscheu an.

»Was will die denn hier?«, wollte einer der beiden wissen.

»Das werden wir mit Konan besprechen«, antwortete Henni. »Ihr müsst nur wissen, dass die Amazone unter unserem Schutz steht und ihr nichts passieren darf.«

»Das wird dem König nicht gefallen.«

»Konan ist kein König«, gab Henni ärgerlich zurück. »Es wird langsam Zeit, dass ihr Hohlköpfe das versteht.«

Die Soldaten ließen sie passieren. Henni und Hörg nahmen Ingrid in die Mitte, hintereinander stiegen sie die lange Treppe nach oben. Als sie den Gang auf dem Wall erreichten, wurden sie bereits von Konan erwartet.

»Warum bringt ihr denn eine Gefangene mit?«

»Das ist Ingrid«, antwortete Hörg. »Wir mussten sie mitnehmen und dafür Norbert bei den Feldmäusen lassen. Ansonsten hätte Heidi dem Waffenstillstand nicht zugestimmt.«

»Ihr hattet also tatsächlich Erfolg?«

»Ja«, bestätigte Hörg. »Wir haben jetzt drei Tage Zeit, die Statue der heiligen Rudolfa zu finden und an ihre Eigentümer zurückzugeben.«

»Dazu müssten wir wissen, wo sie ist.«

»Das ist richtig, Konan«, sagte Hörg. »Wir müssen in Sörens Gemächer und dort einen Hinweis finden. Gelingt das nicht, war alles umsonst.«

»Am besten sperren wir die Geisel weg. Sie bringt nur Unruhe. Im Kerker kann sie keinen Schaden anrichten.«

»Ich bin keine Gefangene«, sagte Ingrid mürrisch.

»Für mich schon«, gab Konan zurück. »Erwarte ja nicht, dass wir dich mit Samtpfoten anfassen. Denkst du, ich lasse dich hier alles auspionieren, damit du deine Herrin später über unsere Schwachstellen informieren kannst?«

»Darum geht es nicht«, sagte Henni energisch. »Ingrid wird bei uns bleiben. Sag deinen Soldaten, dass keiner von ihnen auch nur eine Pfote gegen sie erheben darf. Die Bedingungen für den Waffenstillstand werden eingehalten. Ob dir das nun passt oder nicht.«

»Bring uns jetzt zu Sörens Gemächern«, befahl Hörg. »Wir haben keine Zeit, uns mit langen Reden aufzuhalten. Das Auffinden der heiligen Rudolfa hat oberste Priorität.«

»Also gut«, stimmte Konan zähneknirschend zu. »Ich bringe euch in den Bereich des Historikers. Dorthin darf die Feldmaus aber nicht. Es lagern Schriften in den Räumen, die nicht für die Öffentlichkeit bestimmt sind. Sie wird warten müssen, bis ihr Sörens Räume durchsucht habt.«

»Gut«, sagte Henni. »Lass Ingrid in der Zwischenzeit in ein Waschhaus bringen. Sie hat ein Bad bitter nötig. Danach wird sie sich bestimmt ausruhen wollen. Stellt der Amazone zwei Weibchen zur Verfügung, die ihr alles zeigen. Wir holen sie dann später wieder dort ab.«

»Schärfe deinen Leuten ein, dass Ingrid ein Gast ist«, ergänzte Hörg die Anweisung seines Bruders. »Ich erwarte, dass die Kriegerin anständig behandelt wird.«

Konan war anzusehen, dass er mit den Anordnungen der königlichen Berater aus dem Süden alles andere als einverstanden war. Dennoch war er klug genug, den beiden nicht zu widersprechen. Stattdessen rief er einen seiner Offiziere und befahl ihm, sich um die Amazone zu kümmern.

»Musstet ihr dieses Weib wirklich mit in die Stadt bringen?«, fragte der Stadtregent, nachdem Ingrid mit dem Offizier mitgegangen war.

»Vergiss nicht, dass Norbert bei den Feldmäusen ist«, entgegnete Henni. »Mit Ingrid haben wir wenigstens auch eine Geisel, die wir gegen unseren Helfer eintauschen können, falls wir diese Statue nicht finden.«

»Sie wird sicher versuchen, eine Schwachstelle im Wall zu finden.«

»Du musst sie ja nicht herumführen«, sagte Hörg.

»Außerdem darfst du nicht vergessen, dass wir diesen Krieg beenden können, wenn wir Heidi ihr Eigentum zurückgeben«, ergänzte Henni.

»Glaubt ihr wirklich, dass ihr die heilige Rudolfa finden könnt?«

»Wir werden es zumindest versuchen«, antwortete Hörg. »Du solltest die Hoffnung nicht zu früh aufgeben. Bis jetzt haben wir ja noch nicht viel unternommen. Es wird Zeit dies zu ändern.«

9

Bevor sie sich auf den Weg zur Bibliothek und Sörens privaten Gemächern machten, rüstete Konan die königlichen Berater mit Schwertern und Lampen aus. Henni und Hörg war nicht ganz klar, wozu sie innerhalb des Palastes Waffen brauchten, nahmen sie aber kommentarlos entgegen. Der Regent aus Delta hatte in den letzten Stunden genug schlucken müssen. Sie wollten nicht jede seiner Entscheidungen anzweifeln.

»Was war Sören für ein Typ?«, fragte Henni.

»Er lebte sehr zurückgezogen und hat nur mit wenigen Lemmingen gesprochen. Sein Leben hat er ganz dem Studium der Geschichte unseres Volkes gewidmet.«

»Viel gab es da ja nicht, seitdem die Lehren des furchtlosen Wonibalts als einzige gültige Religion eingeführt wurden.«

»Das mag sein, Hörg. Sören hat vor allem auch die Zeit davor untersucht. In Omega hätte man ihn für dieses ketzerische Verhalten vielleicht verurteilt. Wir sind hier aber sehr weit von der Hauptstadt entfernt.«

»Was, wie man unschwer erkennen kann, nicht unbedingt ein Vorteil war.« Hörg dachte daran, dass

Sören durchaus zu den Vorboten des heilbringenden Lemmings gepasst hätte. Vielleicht hatte er sogar zu dieser Gruppe gehört.

»Wie auch immer«, sagte Konan. »Wir haben den Historiker gewähren lassen und uns nicht viel um ihn gekümmert. Deshalb kann ich euch auch nicht genau sagen, mit welchen Themen er sich beschäftigt hat.«

»Schade«, sagte Henni. »Es wäre hilfreich zu wissen, warum der Kerl die Statue der heiligen Rudolfa geraubt hat. Für uns Lemminge hat sie wirklich keinen Nutzen.«

»Leider konnten wir mit ihm darüber nicht mehr sprechen.«

»Vielleicht finden wir ja etwas«, sagte Hörg und versuchte dabei, seine Stimme optimistischer klingen zu lassen, als er in Wirklichkeit war.

»In den letzten Wochen hat niemand Sörens Arbeitsräume betreten«, erklärte Konan, als sie den Gebäudeteil erreichten, in dem der Historiker gelebt hatte. »Leider hat dort in dieser Zeit auch niemand sauber gemacht.«

Was ihnen der Regent damit sagen wollte, sahen Henni und Hörg, als dieser die Tür öffnete. Die Missionare wollten voller Tatendrang eintreten und doch blieben sie abrupt stehen. Ein undurchdringliches Knäuel aus feinen weißen Fäden versperrte ihnen den Weg und ließ sie noch nicht einmal einen Blick in den Raum werfen.

»Dafür also die Schwerter«, sagte Henni und sah Konan vorwurfsvoll an. Er konnte nicht fassen, was er sah. Das Labor, das er sich mit Henni im Palast in Omega teilte, war sicher auch nicht immer das ordentlichste. Sörens Räume schlugen allerdings dem Fass den Boden aus.

»Feuer würde zwar auch helfen, aber dann bleibt da drinnen nichts mehr übrig, das ihr untersuchen könntet.«

»Das ist eine schlaue Feststellung, die zeigt, warum sie ausgerechnet dich zum Regenten gemacht haben«, sagte Hörg zynisch. »Vermutlich werden wir, wenn wir da hineingehen, auch auf die Erzeuger dieser Fäden treffen.«

»Ein weiterer Grund, warum wir den Raum lange nicht mehr betreten haben. Sören hatte zwei Spinnen als Haustiere und ich fürchte, dass sie sich nach seinem Tod irgendwie befreien konnten.«

»Also haben wir es mit zwei dieser Biester zu tun?«, hakte Henni nach.

»Naja. Es waren einmal zwei.«

»Was soll das schon wieder bedeuten?«, regte sich Hörg auf.

»Sie könnten sich inzwischen auch vermehrt haben.«

»Gibt es sonst noch irgendetwas, das du uns mitteilen möchtest, bevor wir den Raum betreten?«, fragte Henni ärgerlich und schaute den Regenten mit einem bitterbösen Blick an.

»Ich denke, fürs Erste war es das«, entgegnete Konan.

Die beiden Missionare verzichteten auf einen weiteren Kommentar und hoben ihre Schwerter. Hörg führte den ersten Schlag und war überrascht, wie schwer es ihm fiel, mit der Klinge durch die Spinnweben zu schneiden. Entweder waren die Waffen einfach stumpf oder die Fäden deutlich robuster, als er erwartet hatte. Es würde keine leichte Aufgabe werden, den Raum von dem Zeug zu befreien. Fraglich war auch, wie lange es dauern würde, bis sich die Spinnen gegen die Säuberungsaktion wehren würden.

Henni und Hörg droschen nun abwechselnd auf die klebrigen Fäden ein und waren bereits völlig außer Atem, als sie es endlich schafften, zu zweit in den Raum einzutreten. Auf dem Boden sammelten sich die

Fäden, klebten aber auch bereits an den Körpern der beiden Brüder fest. Aus Angst vor den Spinnen arbeiteten sich die Missionare Rücken an Rücken langsam in den Raum vor.

»Wir hätten Konan zwingen sollen, uns ein paar Soldaten zu schicken, die diese Arbeit übernehmen«, schnaufte Henni und zog sich einen der Fäden von der Stirn.

»Noch besser wäre es gewesen, ihn selbst hier hineinzuschicken. Irgendwo in diesem Raum gibt es einen Hinweis, der den Krieg vielleicht beenden könnte, und Konan überlässt alles diesen Viechern. Egal, wie die Sache hier ausgeht. Ich werde Hilmer sagen, dass er einen anderen Regenten schicken muss.«

»Im Moment haben wir aber andere Probleme. Omega ist weit weg und wir werden uns selbst helfen müssen.«

»Der Tag wird aber kommen, an dem sich der Kerl für seine Unfähigkeit rechtfertigen muss.«

»Das ist ganz sicher.«

»Hier ist ein Tisch«, sagte Hörg, nachdem er mit dem Schwert auf etwas Festes gestoßen war. »Wir müssen jetzt etwas vorsichtiger sein, wenn wir hier nicht selbst etwas zerstören wollen, was uns einen Hinweis auf die heilige Rudolfa geben könnte.«

»Erst einmal brauchen wir einen Besen, damit wir die abgeschlagenen Fäden rausbekommen.«

»Pass auf! Über dir ist etwas.«

Henni war gerade im Begriff, zur Tür zu gehen, um Konan Bescheid zu sagen, dass er jemanden zum Saubermachen schicken sollte, als ihn Hörgs Warnruf erreichte. Er sprang gerade noch rechtzeitig zur Seite, um nicht von der Spinne erwischt zu werden, die sich von der Decke abseilte. Im Schwung kappte er mit dem Schwert den Faden, an dem die Bestie hing. Ihr

Körper war etwa so groß wie der Kopf eines Lemmings und die Beine waren sogar dreimal so lang.

Von beiden Seiten schlugen die Brüder mit ihren Schwertern auf das haarige Tier ein. Dabei mussten sie sehr schnell erkennen, wie stumpf ihre Waffen tatsächlich waren. Es gelang ihnen zwar, die Spinne von sich fernzuhalten, wirklichen Schaden konnten sie ihr aber nicht zufügen.

»Da ist noch eine!«, schrie Henni und deutete mit dem Schwert an Hörg vorbei, der sich blitzschnell drehen musste, um sich dem zweiten Angreifer zu stellen.

»Hoffentlich kommen da nicht noch mehr!«, schrie Hörg und stürzte sich auf die Bestie vor ihm.

Die beiden Missionare kämpften wie die Berserker und hatten dabei mehr als einmal Glück, nicht von den Klauen getroffen zu werden. Auch die Spinnen wurden jetzt langsamer. Henni hatte seinem Gegner bereits mehrere Wunden zugefügt, aus denen dickflüssiges Blut tropfte. Er merkte aber, dass er den Kampf nicht mehr lange überstehen konnte, und setzte alles auf eine Karte. Mit beiden Armen hob er das Schwert hoch und hieb die Spitze voller Wucht auf den Schädel der Spinne. Es gab ein hässliches Knacken. Henni hatte den Kampf mit dieser Aktion gewonnen und die Bestie regelrecht auf den Boden festgespießt. Er trat mit dem Kopf auf den Schädel des Wesens und zog das Schwert mit letzter Kraft hinaus.

Die zweite Spinne musste das Schicksal ihres Artgenossen mitbekommen haben und trat den Rückzug an. Offensichtlich sah sie ein, dass sie einen Kampf gegen beide Lemminge nicht überleben würde.

Hörg wollte die Bestie an der Flucht hindern, kam aber wegen der Spinnweben nicht schnell genug hinterher, um sie zu erwischen.

»Das kann nicht wahr sein«, schimpfte Hörg und schlug mit dem Schwert wütend in eines der Netze.

Genau wie sein Bruder war er völlig verschwitzt, wodurch die feinen Fäden noch schlimmer an seinem Körper klebten.

»Was machen wir jetzt?«, fragte Henni, als die Spinne aus ihrem Sichtfeld verschwunden war.

»Wir müssen das Biest erwischen, sonst bekommen wir hier keine Ruhe. Ich glaube nicht, dass das Mistvieh aufgegeben hat.«

»Die Spinne kriegen wir schon. Zuerst müssen wir aber dieses klebrige Zeug hier herausschaffen.« Henni ging zurück in den Flur und Hörg folgte ihm schulterzuckend.

»Wo ist Konan jetzt nun wieder hin?«, fragte Henni ärgerlich und schaute links und rechts in den Flur hinein.

»Ich sage ja, dass dieser Kerl eine absolute Fehlbesetzung ist.«

Der Regent von Delta hatte die Gunst der Stunde genutzt und das Weite gesucht. Sicher hatte er befürchtet, ansonsten irgendwann selbst, in Sörens Arbeitsräume vordringen zu müssen.

»So ein Feigling«, schimpfte Henni und lehnte sich erschöpft mit dem Rücken an die Wand. Beide Lemminge waren völlig verdreckt und es klebten Reste der Fäden überall an ihrem Körper.

»Einer von uns muss einen Besen und am besten auch einen Eimer Wasser holen«, sagte Hörg und sah seinen Bruder herausfordernd an. »Ich kann ja so lange hierbleiben und aufpassen, dass die Spinne den Raum nicht verlässt.«

»Wir könnten auch einfach die Tür schließen und zusammen gehen«, entgegnete Henni, der wenig Lust hatte, die benötigten Sachen allein zu schleppen.

»Ich hatte befürchtet, dass du so etwas sagst«, stimmte Hörg zähneknirschend zu.

10

Einige Zeit später kehrten die Brüder mit Besen, einem Eimer Wasser und Scheuermittel zu Sörens Arbeitsräumen zurück. Auf der Suche nach Konan hatten sie zwei Soldaten getroffen, die sie mit allem Nötigen versorgten. Beide hätten gerne noch ein ernstes Wort mit dem Regenten gesprochen und nahmen sich vor, dies später nachzuholen.

Unbehelligt gelang es ihnen, in schweißtreibender Arbeit die Spinnweben herauszuschaffen. Sie kehrten den ganzen Dreck einfach in den Flur. Konan sollte selbst sehen, wie er das Zeug wieder los wurde. Immerhin war er schuld daran, dass es in Sörens Räumen überhaupt so weit gekommen war.

»Hoffentlich hat sich die Arbeit wenigstens gelohnt und wir finden einen Hinweis«, sagte Henni schwer atmend.

»Hier muss etwas sein«, antwortete Hörg. »Ich glaube und hoffe nicht, dass Sören wollte, dass man die Statue der heiligen Rudolfa niemals wieder findet. Falls doch, können wir einpacken.«

»Also gut. Machen wir weiter.«

Bevor sie sich aber daranmachen konnten, die Unterlagen des Historikers zu untersuchen, mussten sie zunächst die Spinne aus ihrem Versteck treiben. Keiner der beiden Lemminge hatte Lust auf einen Hinterhalt. Beiden war klar, dass der Angreifer weiterhin auf eine Chance lauern würde.

Hörg ging auf einen Schrank an der Wand zu und zog vorsichtig an der Tür. Außer ein paar alten Büchern und Schriftrollen war er aber leer. In einer Truhe fanden sie Schaufeln und zwei Lampen. Ansonsten gab es nichts im Raum, worin sich die Spinne versteckt haben könnte.

»Irgendwo muss dieses Mistvieh doch stecken«,

schimpfte Henni und schaute sich noch einmal im Raum um. »Sie kann sich ja schlecht in Luft aufgelöst haben.«

»Sieh mal da an der Wand«, sagte Hörg und ging zu einer Stelle, an der die Holzverkleidung nicht richtig abschloss. Er rüttelte mit den Pfoten daran und merkte, dass sie tatsächlich nicht fest saß. Plötzlich löste sich eine Platte und gab den Eingang zu einem Tunnel frei, der voller Spinnweben war. »Ich denke, wir haben das Versteck gefunden.«

»Da krieche ich aber nicht rein«, sagte Henni und schüttelte angewidert den Kopf. »Das riecht widerlich und verteidigen können wir uns in dem engen Gang auch nicht.«

»Ich mach das auch nicht. Das wäre Selbstmord und würde damit gegen die neuen Gesetze unseres Reiches verstoßen.« Hörg sah seinen Bruder zweifelnd an. »Meinst du Konan weiß, wohin dieser Gang führt?«

»Das kann man bei dem nie so genau sagen. Geh los und hole ihn. Ich bleibe solange hier und mache noch etwas sauber.«

Hörg verzichtete auf die Diskussion, dass er genauso gut hier warten könnte, und machte sich auf den Weg, Konan zu suchen. Er fand den Regenten schließlich in seinem Audienzzimmer, in dem er sich mit seinen Beratern besprach. Hörg sah die Ratsmitglieder mit einer Mischung aus Ärger und Verständnislosigkeit an. Er konnte nicht begreifen, dass sie einfach nur hier herumsaßen und debattierten. Schließlich ging es um ihre Stadt.

»Wir haben einen Geheimgang entdeckt«, sagte er zu den Männchen, die ihn überrascht anschauten, als sie ihn bemerkten.

»Das muss der Tunnel sein, der in die Bibliothek führt«, sagte Konan nach einer Weile.

»Du kennst den Gang?«

»Benutzt haben wir ihn nicht, aber ich habe davon gehört.«

»Meinst du nicht auch, dass diese Information für meinen Bruder und mich recht interessant gewesen wäre?« Hörg sah den Regenten von Delta wütend an. Langsam aber sicher hatte er von dessen Unfähigkeit mehr als genug. Wenn er es nicht besser wüsste, hätte er glatt vermuten können, dass der Kerl mit Heidi unter einer Decke steckte.

»Ich wusste ja nicht genau, wo der Gang ist«, versuchte sich Konan zu verteidigen.

»Es hätte uns schon geholfen zu wissen, dass er überhaupt existiert. Für die Spinnen ist er das ideale Versteck. Wir müssen den Tunnel ausräuchern.«

»Aber das können wir doch nicht tun. In der Bibliothek sind Bücher, die durch das Feuer beschädigt werden könnten.«

»Das ist mir auch klar. Wenn aber ein paar deiner Soldaten mit Wassereimern in der Bibliothek warten, könnten sie verhindert, dass die Flammen aus dem Gang herausschlagen. Außerdem müssen sie die Spinne abfangen, wenn sie versucht, durch die Bibliothek zu entkommen.«

»Das klingt sehr gefährlich. Bist du sicher, dass es keine andere Lösung gibt. Außerdem könnte die heilige Rudolfa in dem Gang sein.«

»Das wäre doch toll. Wir könnten den Krieg mit dieser Statue sofort beenden.«

»Sie darf aber nicht beschädigt werden.«

Hörg sah den Regenten mit einem mitleidigen Blick an.

»Woraus besteht die heilige Rudolfa?«

»Aus Stein.«

»Denk mal darüber nach, was das Feuer der Figur anhaben kann. In der Zwischenzeit räuchere ich mit deinen Soldaten diese verfluchte Spinnenbrut aus.«

Hörg spürte nicht die geringste Lust, weiter mit dem Nordlemming zu diskutieren, und wies dessen Berater an, endlich alles Erforderliche in die Wege zu leiten. »Ich warte in Sörens Arbeitszimmer. Schickt eines eurer Männchen mit einer Fackel dorthin.«

Auf dem Rückweg zu Henni dachte Hörg ernsthaft darüber nach, ob er nicht einfach mit seinem Bruder verschwinden und die Nordlemminge ihrem Schicksal überlassen sollte. Letztlich siegte sein schlechtes Gewissen Norbert gegenüber. Auch wenn ihr Helfer manchmal sehr anstrengend sein konnte, hatte er ihm und Henni doch das Leben gerettet und es nicht verdient, bei Heidi und ihren Amazonen zurückgelassen zu werden.

Hilmer würde sicher auch nicht begeistert sein, wenn die Feldmäuse Delta dem Erdboden gleichmachten. Es stand einem König nicht gut zu Gesicht, wenn er so kurz nach dem Amtsantritt ein Viertel seines Reiches verlor. Hinzu kam, dass die Bewohner der Stadt nichts dafür konnten, dass ihr Regent so ein Volltrottel war.

»Ich habe noch ein bisschen sauber gemacht«, begrüßte Henni seinen Bruder, als der in Sörens Arbeitszimmer zurückkehrte.

In der Tat war der Raum inzwischen von den letzten Resten der Spinnweben befreit. Hörg staunte nicht schlecht, als er einen Blick auf die glänzende Holzplatte des Schreibtisches warf.

»Du hast ja wirklich ganze Arbeit geleistet.«

»Tja. Henni wäscht nicht nur sauber, sondern auch rein.«

Hörg sah seinen Bruder einen Moment irritiert an und schüttelte dann den Kopf. »Wir haben jetzt keine Zeit für Scherze. Hast du bereits einen Hinweis auf Heidis Heiligtum gefunden?«

»Ich denke schon. So richtig schlau werde ich daraus

aber nicht.« Henni zeigte mit der Pfote auf eine Schrift, die in das Holz der Schreibtischplatte geritzt war.

> Des Dreiecks Mitte in der Nacht
> zeigt, wie das Götzenbild erwacht.
> Zwischen den Felsen und dem Fluss
> man nach Rudolfa suchen muss.

»Was kann das bedeuten?«

»Keine Ahnung Hörg, aber ich wette, wenn wir dieses Rätsel lösen, finden wir auch die Statue.«

»Wir sind zumindest auf dem richtigen Weg«, stimmte Hörg seinem Bruder zu. »Hast du in den Büchern nach einem Hinweis gesucht?«

»Dazu hatte ich noch keine Zeit. Vielleicht kann uns auch Konan weiterhelfen.«

»Das glaubst du doch selbst nicht.«

Geräusche im Flur lenkten die beiden königlichen Berater vom Rätsel ab. So gerne sie sich auch weiter damit beschäftigt hätten, zunächst mussten sie das Problem mit der Spinne in den Griff bekommen.

Zwei Soldaten betraten den Raum jeweils mit einer brennenden Fackel in der Hand.

»Das wurde aber auch Zeit«, sagte Hörg und entfernte die Abdeckung vor dem Geheimgang. »Sind Konan und noch ein paar Leute in der Bibliothek?«

»Ja«, antwortete einer der beiden Soldaten. »Konan hat mir aber aufgetragen euch noch einmal zu fragen, ob ihr das wirklich tun wollt.«

»Ja, wollen wir«, antwortete Henni.

»Dann können wir beginnen.«

»Gut«, sagte Hörg, nahm dem Sprecher die Fackel aus der Pfote und warf sie in den Tunnel.

Sofort fingen die Spinnweben Feuer. Die vier Lemminge mussten einen Schritt zurückweichen, um nicht von den Flammen erfasst zu werden, die sich blitzschnell ausbreiteten. Binnen Sekunden brannte der ganze Tunnel. Genauso schnell erlosch das Feuer aber auch wieder, da es außer den Spinnweben keine weitere Nahrung fand.

Mit gezogenen Schwertern warteten die Lemminge auf das, was aus dem Gang herauskommen könnte. Hörg warf einen Blick in den Tunnel, konnte aber außer Rauch nichts erkennen. Dafür waren plötzlich Schreie zu hören, die vermutlich aus der Bibliothek kamen. Offensichtlich war auch dort mittlerweile der Eingang zu dem Geheimgang freigelegt worden.

Plötzlich glaubte Hörg, im Qualm eine Bewegung zu sehen. »Vorsicht!«, schrie er den anderen Lemmingen zu und musste sich gleich selbst der Gruppe von mindestens einem Dutzend Spinnen stellen, die aus dem Geheimgang herausgerannt kamen und sofort zum Angriff übergingen.

Hätte es sich um ausgewachsene Varianten der Bestien gehandelt, wäre das sicher der Tod der Soldaten und der Missionare gewesen. Die Spinnen hatten aber höchstens ein Drittel der Größe ihrer Artgenossen, mit denen es Henni und Hörg einige Stunden vorher zu tun gehabt hatten. Außerdem waren die Panzer der Jungtiere noch nicht so fest und schützten die Bestien nicht vor den Schwerthieben.

Die vier Lemminge ließen den Spinnen keine Chance und spießten eine nach der anderen mit den Schwertern auf. Der ungleiche Kampf dauerte nicht einmal eine Minute. Eine der Bestien hätte es beinahe geschafft zu entkommen, wurde aber von Henni gestoppt, bevor sie den Raum verlassen konnte.

»Das wäre erledigt«, sagte Hörg und atmete erleichtert auf. Es war einfacher gewesen als erwartet, die Brut aus ihrem Versteck herauszutreiben. Die Frage war nur, wo war die zweite ausgewachsene Spinne. Der Missionar durfte gar nicht daran denken, was sich

Konan und sein Rat für eine Laus in den Pelz gesetzt hatten, indem sie die Spinnen nach Sörens Tod hatten entkommen lassen. Irgendwann wären die Räume des Historikers für sie zu klein geworden und die Plage hätte sich im ganzen Palast ausgebreitet. Eine Horde ausgewachsener Spinnen hätte den Nordlemmingen mindestens genauso gefährlich werden können wie Heidi mit ihren Amazonen.

»Ich denke, dass da nichts mehr kommt«, sagte Henni, nachdem eine Weile nichts mehr passiert war. Auch auf der anderen Seite des Tunnels war es ruhig geworden. »Lass uns nachschauen, Hörg, was da drüben los ist.«

»Einverstanden.«

»Nimm dein Schwert mit.«

»Ihr beiden wartet hier«, befahl Hörg den Soldaten und folgte seinem Bruder in den Flur.

Die beiden Brüder hatten den Weg zur Bibliothek schnell und ohne auf weitere Spinnen zu treffen, zurückgelegt. Dort erwartete sie das Chaos. Regale waren umgefallen und die Bücher lagen kreuz und quer auf dem Boden. Dazwischen befanden sich die toten Leiber zahlreicher kleiner Spinnen. Lediglich die große Bestie lebte noch, bewegte sich aber kaum. Konan hielt sich ein Bein, sonst schien keiner der Lemminge verletzt zu sein.

»Ist bei euch alles so weit in Ordnung?«, fragte Hörg und musste sich dabei das Lachen verkneifen, als er Konans gequälten Gesichtsausdruck sah. Es war zwar nicht so, dass er es dem unfähigen Regenten gönnte, verletzt worden zu sein, sein Mitleid mit dem Männchen hielt sich allerdings in Grenzen.

»Wir haben einen furchtbaren Kampf hinter uns und sind nur knapp mit dem Leben davongekommen«, antwortete der Regent mit weinerlicher Stimme. »Die Horde kam aus dem Gang und hat sich sofort auf mich und meine Soldaten gestürzt.«

»Übertreibe nicht«, erwiderte Henni. »Wir haben auch gegen die Jungtiere gekämpft. Ihr hättet die Plage schon viel früher bekämpfen müssen. Seid froh, dass ihr die Bestien jetzt los seid.«

»Wie können wir sicher sein, dass wir alle erwischt haben?«, wollte einer der Soldaten wissen.

»Ganz einfach«, antwortete Hörg. »Wir warten, bis es im Geheimgang etwas kühler geworden ist, dann muss einer da rein und nachschauen. So können wir auch herausfinden, ob Sören diese Heiligenstatue im Gang versteckt hat.«

Konan und seine Soldaten sahen die beiden Missionare gleichermaßen erschrocken an. Sicher würden sie keinen von ihnen dazu bewegen können, durch den Geheimgang zu kriechen. Da er wusste, dass auch sein Bruder eine Ausrede finden würde, konnte sich Hörg schon einmal mit dem Gedanken anfreunden, diese Aufgabe selbst zu übernehmen. Auch Ingrid würde er nicht schicken können. Auf keinen Fall durfte die Feldmaus erfahren, was für ein feiger Haufen die Nordlemminge waren.

Jetzt wünschte er sich, Norbert wäre da, und wunderte sich gleichzeitig darüber, wie oft er in der letzten Zeit an seinen nervigen Helfer dachte. So tollpatschig der Kerl auch war. Henni und Hörg hatten sich immer auf seine Treue und Ergebenheit verlassen können.

»Ich werde gehen«, sagte Hörg. Er griff nach einer Lampe, ging an den entsetzt dreinschauenden Soldaten vorbei auf den Eingang zum Tunnel zu und kroch durch die Öffnung. So sicher, wie er den anderen gegenüber dabei tat, fühlte er sich bei Weitem nicht.

Dem Lemming stieg ein furchtbarer Gestank in die Nase und er musste gegen den Brechreiz ankämpfen. Wenigstens war die Sicht wieder besser und der

Lichtstrahl der Lampe leuchtete ein gutes Stück vor ihm aus. Die Spinnweben waren völlig verbrannt und in der Mitte des Geheimgangs lagen ein paar verkohlte Kadaver von Jungtieren. Angewidert kroch er an ihnen vorbei weiter auf den Ausgang in Sörens Arbeitszimmer zu, den er inzwischen vor sich erkennen konnte. Ohne auf weitere Angreifer zu treffen, gelangte er auf die andere Seite, wo er von Henni und Konan bereits erwartet wurde.

»Hast du die Statue gefunden?«, fragte Konan und sah Hörg hoffnungsvoll an.

»Nein. Wenn ich ehrlich bin, habe ich damit auch nicht gerechnet. Der Historiker hat eine Nachricht hinterlassen, die nicht nötig gewesen wäre, läge die heilige Rudolfa im Geheimgang. Vor den Spinnen haben wir jetzt aber Ruhe. Ich glaube nicht, dass eine der Bestien entkommen ist.«

»Dann können wir uns endlich um das Rätsel kümmern, das uns Sören hinterlassen hat«, sagte Henni und ging zum Schreibtisch.

11

»Erzähle uns jetzt bitte nicht, dass du das schon einmal gesehen hast«, sagte Hörg zu Konan, als sie sich gemeinsam mit Henni die Schrift auf der Schreibtischplatte anschauten.

»Nein. Ich wusste nicht, dass Sören eine Nachricht hinterlassen hat. Wir hätten uns sicher schon viel früher damit beschäftigt, wenn wir das hier gefunden hätten.«

Das glaubst du doch selbst nicht, dachte Hörg, verzichtete aber auf einen Kommentar.

»Leider kann ich euch auch nicht sagen, was diese Zeilen zu bedeuten haben.«

»Damit haben wir auch nicht gerechnet«, sagte Henni.
»Du solltest aber zumindest eine Ahnung haben, von welchem Götzen hier die Rede ist.«

»In der Geschichte unseres Volkes gibt es so etwas nicht. Das wisst ihr genauso gut wie ich. Wir haben an den Propheten Wonibalt geglaubt, der uns alle ins gelobte Land führt.«

»Der ist hier sicher nicht gemeint«, sagte Hörg bestimmt. Er wollte nicht schon wieder damit beginnen, über den falschen Propheten zu sprechen, und sich lieber auf das Wesentliche konzentrieren. »Schauen wir in den Büchern nach.«

Henni nahm die drei dicksten Werke aus dem Schrank, reichte Hörg und Konan jeweils eines davon und schlug das Letzte auf. Schnell blätterte er die Seiten durch, die sich mit den alten Lehren ihres Volkes beschäftigten und die verschiedenen Tempel zeigten, die es früher im Reich der Lemminge gegeben hatte.

Auch Konan und Hörg fanden keinen Hinweis auf einen Götzen und legten die Bücher entnervt wieder weg. Henni betrachtete sich die anderen Werke im Schrank, wurde aber auch hier nicht fündig. Alle Schriften beschäftigten sich entweder mit der alten Historie ihres Volkes oder mit Wonibalt und der Einkehr in das gelobte Land.

»Vielleicht meint Sören diese Rudolfa«, sagte Hörg nach einer Weile.

»Sie ist eine Heilige und kein Götze«, entgegnete Henni.

»Für die Feldmäuse, ja. Für uns Lemminge, nein. Sören kann in der Statue durchaus etwas Böses gesehen haben. Das könnte eine Erklärung sein, warum er sie geraubt und versteckt hat.« Hörg sah sich die Schrift auf der Holzplatte noch einmal genau an.

Des Dreiecks Mitte in der Nacht
zeigt, wie das Götzenbild erwacht.
Zwischen den Felsen und dem Fluss
man nach Rudolfa suchen muss.

»Wenn sich diese Zeilen auf die Statue der heiligen Rudolfa beziehen, kann nur sie mit dem Götzen gemeint sein.«

»Und wenn es um etwas anderes geht, können wir gleich einpacken«, stimmte Henni seinem Bruder zu.

»Ich denke, du hast recht. Wirklich weitergekommen sind wir aber immer noch nicht. Die Frage ist, wohin uns dieser Hinweis führen soll.«

»Vielleicht ist es auch schon zu spät«, sagte Konan.

»Wie meinst du das?«

»Ganz einfach, Hörg. Der Götze könnte doch schon erwacht sein.«

»Das hättet ihr aber in irgendeiner Form merken müssen, oder?«

Der Regent aus Delta schaute Hörg mit dem verständnislosen Blick an, den der schon von ihm gewohnt war. Auch wenn er zugeben musste, dass Konan sich durchaus bemühte zu helfen, war sich der königliche Berater mittlerweile sicher, dass er dazu nicht in der Lage war.

»Es geht nicht darum, dass der Götze an dieser Stelle erwacht«, warf Henni ein. »Sören schreibt, dass an der von ihm beschriebenen Stelle lediglich gezeigt wird, wie das passiert.«

»Das würde aber auch bedeuten, dass der Götze schon erwacht ist«, sagte Konan.

»Das sollten wir zunächst einmal vergessen«, stellte sich Hörg auf die Seite seines Bruders. »Wenn mit dem Erwachen ein bestimmtes Ereignis einhergeht, liegt dieses in der Vergangenheit. Wenn es um Rudolfa geht, könnte uns Ingrid hierzu vielleicht etwas sagen, aber auch das würde uns im Moment bei der Suche nicht helfen.«

»Eben«, sagte Henni und beugte sich noch einmal über die Schrift. »Wir können es drehen und wenden, wie wir wollen, wir müssen den Ort finden, von dem hier die Rede ist.«

»Womit wir wieder am Anfang wären«, brummte Hörg ärgerlich.

»Nicht unbedingt«, widersprach Henni. »Wenn wir herausfinden, welches Dreieck gemeint ist, dann wissen wir auch, wo die Mitte liegt.«

»Die Roga könnte eine Seite des Dreiecks darstellen«, sagte Konan mit neuem Eifer. »Schließlich wird auch der Fluss in dem Vers genannt.«

»Wo sind dann aber die Eckpunkte?« Henni schüttelte den Kopf. »Nein. Zuerst müssen wir herausfinden, welche Felsen gemeint sind.«

»Gibt es die denn im Verlauf des Flusses? Als wir hier ankamen, sind wir nur über flaches Land gelaufen. Die einzigen Felsen, die ich bisher gesehen habe, sind die beiden Berge, zwischen denen ihr den Wall gebaut habt.«

»Lemming Hörg! Das ist es!«, rief Henni begeistert und klatschte in die Hände.

»Wie jetzt?«

»Die Berge sind die Felsen. Die Verbindungslinie zwischen ihnen stellt eine Seite des Dreiecks da. Wenn wir von dort aus den richtigen Punkt am Flussufer finden, haben wir die Lösung.«

Hörg sah seinen Bruder nachdenklich an und nickte schließlich. Es konnte tatsächlich sein, dass Sören die beiden Berge gemeint hatte. Die dritte Ecke musste dann irgendwo an der Roga liegen.

»Ihr wollt jetzt nicht wirklich das komplette Gelände umgraben, um nach Heidis Heiligtum zu suchen, oder?«

»Nein, Konan«, antwortete Henni genervt. »Wir müssen am Flussufer den letzten Eckpunkt finden. Es muss dort einen Hinweis geben.«

Ganz so optimistisch wie sein Bruder war Hörg nicht. Er musste aber zugeben, dass diese Theorie die Beste war, die sie bisher hatten. Auch wenn er keine große Lust verspürte, zum Fluss und dann am Ufer entlangzulaufen, sah er ein, dass sie im Moment keine bessere Spur hatten. Sollte die sich allerdings im Sande verlieren, war mindestens ein Drittel von Heidis Ultimatum vorbei. Sie konnten es sich nicht leisten, mehreren falschen Fährten zu folgen. Die Mission durfte nicht scheitern.

»Hörg und ich werden noch heute aufbrechen«, sagte Henni, der wohl ähnliche Überlegungen angestellt hatte wie sein Bruder.

»Wollt ihr nicht bis morgen früh warten? Es wird in spätestens zwei Stunden anfangen zu dämmern. Bis dahin habt ihr den Fluss noch nicht einmal erreicht.«

»Nein, Konan. Sören gibt einen klaren Hinweis darauf, dass man das Götzenbild nur in der Nacht sieht. Wenn wir nicht einen vollen Tag verlieren wollen, müssen wir die beschriebene Stelle heute finden.«

»Es dauert aber noch zwei Tage, bis das Ultimatum ausläuft.«

»Henni hat recht«, stimmte Hörg seinem Bruder zu. »Wir haben keine Garantie, dass wir dem richtigen Hinweis folgen. Wenn wir bis morgen warten und die Spur dann in einer Sackgasse endet, haben wir zwei Tage verloren. Lass uns Bogen, Pfeile und Proviant bringen. Schwerter und Lampen haben wir ja schon.«

»Ich kann eine Gruppe Soldaten abstellen, die euch begleiten.«

»Das wird nicht nötig sein«, lehnte Henni das Angebot des Regenten ab. »Die Feldmäuse befinden sich auf der anderen Seite des Walls, auf dieser sollte uns keine Gefahr drohen.«

Damit war alles gesagt. Henni und Hörg würden sich allein auf die Suche begeben. Konan sollte in Delta seinen Aufgaben nachkommen und sich um die Verteidigung der Stadt kümmern. Sie sprachen kurz darüber, ob sie Ingrid mitnehmen sollten, entschieden dann aber, dass sie in der Stadt zunächst besser aufgehoben war.

12

»Warum muss ausgerechnet dieser beschränkte Historiker der Verrückteste unter den Nordlemmingen sein?«, fluchte Hörg, als sie Delta durch das Stadttor verließen. »Konan und sein Rat sind schon schlimm genug, aber Sören setzt allem die Krone auf.«

»Ganz so dumm scheint er aber nicht zu sein.«

»Das vielleicht nicht. Aber komplett wahnsinnig.«

»In dem Umfeld wundert mich das nicht. Sören scheint sich wirklich intensiv mit der Geschichte unseres Volkes beschäftigt zu haben. Mit wem aber hätte er über diese Themen sprechen können? Ich kann mir nicht vorstellen, dass Konan oder seine Berater sich dafür interessiert haben.«

»Bestimmt nicht.«

»Sören war ein einsamer Lemming, der sich in seinen Büchern vergraben hat. Da kann man ja nur wahnsinnig werden.«

»Und wir müssen das jetzt ausbaden«, ärgerte sich Hörg.

Die beiden königlichen Berater waren vom Stadttor aus in die Richtung losgelaufen, aus der sie am Tag vorher gekommen waren. Anschließend wollten sie flussaufwärts parallel zum Befestigungswall gehen.

Sie waren etwa zwei Stunden unterwegs, als es zu dämmern begann. Dank des Vollmondes und einer sternklaren Nacht war es hell genug, dass sie den Weg auch ohne die Lampen erkennen konnten. Das Gelände war weitestgehend flach und so waren die Lichter der Stadt noch zu sehen. Die beiden hatten etwa die Hälfte der Strecke zur Roga hinter sich, als Henni unvermittelt stehen blieb.

»Was ist los?«

»Da hinten ist etwas.«

Hörg schaute in Richtung Fluss, konnte aber außer Gras und ein paar Steinen nichts erkennen. »Was meinst du?«

»Ich kann es nicht genau sagen, bin mir aber sicher, dass sich da etwas bewegt hat.«

»Wo denn? Ich kann niemanden sehen.«

»Ich jetzt auch nicht mehr. Aber ich schwöre dir, dass da etwas war.«

Henni und Hörg starrten weiter angestrengt in Richtung Fluss, entdeckten aber nichts mehr. Nach einer Weile schlug Hörg seinem Bruder leicht auf die Schulter.

»Komm, lass uns gehen.«

Auf dem weiteren Weg zur Roga beobachteten die beiden Lemminge das Gelände, aber alles blieb ruhig. Den Fluss hörten sie, bevor sie ihn sahen, und beeilten sich damit, das Ufer zu erreichen.

»Jetzt bin ich gespannt, ob wir hier irgendetwas finden«, sagte Hörg zweifelnd. »Einen Wegweiser kann Sören ja schlecht aufgebaut haben.«

»Wir werden es schon merken, wenn wir die Stelle erreichen«, entgegnete Henni zuversichtlich.

»Hoffentlich. Ich habe keine Lust, die ganze Nacht hin und her zu laufen.«

»Stell dich nicht so an. Schlafen kannst du morgen noch genug.«

»Dein Wort in des Götzen Ohr.«

Es war deutlich schwieriger für die beiden Missionare,

am Flussufer entlangzulaufen, als sie erwartet hatten. Mehrfach versperrten dichtes Gestrüpp und hohes Gras den Weg oder sie mussten um einen Hang herumgehen, der steil zum Flussufer abfiel.

Als sie etwa auf der Höhe des zweiten Berges waren, blieb Hörg entnervt stehen.

»Das macht doch alles keinen Sinn. Wir haben die infrage kommende Strecke so gut wie abgelaufen und rein gar nichts gefunden.«

»Vielleicht ist der Punkt noch weiter flussaufwärts.«

»Glaube ich nicht. Was wäre denn das für ein Dreieck? Ich denke, wir machen einen Fehler. Es heißt ,des Dreiecks Mitte', also wird dieses Dreieck zumindest zwei gleich lange Seiten haben. Die zwischen den Felsen kommt nicht in Frage, also müssen es die Linien zum Fluss sein. Damit wäre der Punkt, den wir suchen dort, wo man am Flussufer genau zwischen den beiden Felsen steht.«

»Du willst also von diesem Punkt aus den halben Weg Richtung Delta laufen?«

»Genau. Dort muss dann dieses Götzenabbild sein.«

Henni sah seinen Bruder einen Moment lang nachdenklich an. Schließlich nickte er. »Einen Versuch ist es wert.«

»Finde ich auch. Zumal wir nicht viele andere Möglichkeiten haben.«

Also machten sich die Missionare nun auf den Weg flussabwärts. Als sie etwa in der Mitte der Strecke zwischen den zwei Felsen angekommen waren, blieben sie stehen und sahen sich an der Stelle um. Einen Hinweis darauf, dass der Eckpunkt des Dreiecks hier lag, fanden sie nicht. Wenn Hörgs Theorie allerdings richtig war, musste es diesen auch nicht geben.

»Also dann«, sagte Henni. »Gehen wir in Richtung Delta. In etwa zwei Stunden wissen wir, ob sich unser

Abendspaziergang gelohnt hat oder nicht.«

»Du nimmst das erstaunlich locker«, stellte Hörg missmutig fest.

»Nein. Du bist unausgeglichen. Es war von Anfang an klar, dass es nicht leicht werden würde, Sörens Versteck zu finden. Da brauchst du dich jetzt nicht so aufregen. Noch liegen wir gut in der Zeit.«

»Mir tun aber langsam die Füße weh und ich habe Hunger.«

»Normalerweise bin ich derjenige, der das sagt«, lachte Henni. »Aber tröste dich. Mir geht es genauso. Machen wir eine Pause.«

Sie setzten sich auf einen Stein am Ufer des Flusses, packten das Proviantpaket aus, welches sie von Konan bekommen hatten, und aßen schweigend. Nach einer halben Stunde ging es beiden besser und Henni schlug vor, sich wieder auf den Weg zu machen.

Aus Angst am Ziel vorbeizulaufen, hielten sich die beiden Lemminge auf dem Weg Richtung Hauptstadt immer genau zwischen den beiden Bergen. Hörgs Laune wurde mit jedem Schritt schlechter und auch sein Bruder schien die Sache mit der Zeit nicht mehr ganz so gelassen zu sehen wie noch am Ufer des Flusses. Beide waren erschöpft und sehnten sich danach, sich auf ein gemütliches Lager im Palast zu legen. Davon waren sie aber noch sehr weit entfernt und würden die Nacht wohl im Freien verbringen müssen. Auf jeden Fall dann, wenn sie die heilige Rudolfa wirklich fänden. Über den Transport hatten sich die königlichen Berater bisher nämlich keine Gedanken gemacht und tragen würden sie das Heiligtum nach dem langen Marsch nicht mehr können. Plötzlich blieb Henni stehen.

»Was ist los?«

»Da vorn ist etwas. Sieht aus wie eine Hütte.«

Hörg schaute angestrengt in die Richtung, die sein Bruder ihm zeigte, konnte aber nichts erkennen. »Ich sehe nichts.«

»Komm weiter. Irgendetwas ist da. Vielleicht sind wir jetzt unserem Ziel ganz nahe.«

Nach einem kurzen Stück konnte auch Hörg die schemenhaften Umrisse der Hütte erkennen. Beide liefen jetzt schneller. In wenigen Augenblicken würde sich entscheiden, ob sie es schaffen konnten, den sinnlosen Krieg zwischen den Nordlemmingen und Heidis Amazonen zu beenden.

Vor der Tür blieb Henni stehen, legte die Pfote auf die Klinke und sah Hörg fragend an.

»Worauf wartest du? Mach auf.«

Zur Überraschung der beiden war nicht abgeschlossen und Henni konnte das Türblatt nach außen aufziehen. Hörg entzündete seine Lampe und betrat die Hütte. An der gegenüberliegenden Seite lag eine Gestalt auf getrocknetem Heu an der Wand.

»Der Götze ist das auf jeden Fall nicht«, sagte Henni, als das Licht auf ihren schlafenden Artgenossen fiel. Die Brüder erkannten sofort, um wen es sich da handelte, und brachen in schallendes Gelächter aus.

13

Der Lärm und der Lichtstrahl in seinem Gesicht weckten den Schlafenden auf. Er öffnete die Augen und sah die Lemminge vor sich verwirrt an. Es dauerte einen Moment, bis er begriff, wer ihn da aus dem Schlaf gerissen hatte. Dann erhellte ein Lächeln sein Gesicht.

»Hilmer«, begrüßte Hörg seinen König. »Was in aller Welt machst du denn hier?«

»Mit dir hätten wir hier am wenigsten gerechnet«, sagte Henni lachend. »Wir dachten, du wärst in

Omega und würdest deine Reichtümer verwalten.«

»Nehmt erst einmal das Licht aus meinem Gesicht. Das blendet.«

Hörg tat seinem Freund den Gefallen und löschte die Lampe aus.

»Wie kommst du hierher?«, fragte er dann.

»Das ist eigentlich ganz einfach. Eure letzte Nachricht kam aus Gamma. Zwar wusste ich, dass der Weg in den Norden weit ist und auch für eine Briefhummel große Gefahren bestehen, wenn sie zurück nach Omega fliegen muss, aber ich habe mir trotzdem Sorgen um euch gemacht.«

»Das ist nett von dir, wäre aber nicht nötig gewesen«, sagte Henni. »Außerdem glaube ich nicht, dass dies der einzige Grund ist, aus dem du die weite Reise auf dich genommen hast.«

»Ihr unterschätzt wie immer mein Mitgefühl für euch«, verteidigte sich Hilmer. »Wenn ich das richtig verstanden habe, seid ihr in Gamma nur knapp dem Tod entkommen.«

»Das stimmt«, gab Hörg zu. »Es wäre aber nie so weit gekommen, wenn du Siggi nicht verloren hättest. Er hat die Weibchen aus Gamma entführt und die Herausgabe der Stadtkasse gefordert. Wir sollten den Austausch vornehmen und wären ertränkt worden, wenn uns Norbert nicht geholfen hätte.« Nur ungern dachte Hörg an den Ärger zurück, den sie mit dem ehemaligen Regenten aus Alpha gehabt hatten. Wenn ihr Helfer nicht wieder einmal einen Befehl der Brüder missachtet hätte, wären sie jetzt tot. Dieses Kapitel ihrer Reise war aber endgültig vorbei und sie hatten jetzt ganz andere Sorgen.

»Die Sache mit Siggi tut mir leid«, sagte Hilmer zerknirscht. »Ich habe erst in Omega gemerkt, dass der Kerl nicht mehr auf der Ladefläche des Wagens lag.«

»Wir sind ja heil aus der Sache herausgekommen. Warum bist du nun wirklich hier? Aus reiner Sorge um Henni und mich hast du den Weg doch sicher nicht auf dich genommen.«

»Nicht nur«, gab Hilmer zu. »In Omega geht es im Moment sehr lebhaft zu. Es werden neue Wohnungen gebaut und das ganze Land scheint aufzublühen.«

»Aber das ist doch toll.«

»Schon, Henni. Es ist aber sehr anstrengend, sich jeden Tag mit den Problemen der anderen herumzuschlagen. Ständig muss ich zwischen zwei Parteien schlichten, wonach eine sauer auf mich ist. Ständig macht man mir Vorschläge, in welche Projekte ich den Inhalt der Staatskasse investieren soll, und niemand will einsehen, dass darin ohnehin nicht mehr viel ist.

Der alte König hatte es da leichter. Die Neuordnung unseres Reiches kostet doch mehr Kraft, als ich gedacht hätte. Ich wollte einfach mal ein paar Tage raus und dachte mir, es ist keine schlechte Idee, die Nordlemminge persönlich zu besuchen. Irgendwann müsste ich das ja sowieso tun.«

»Du hast dir einen denkbar schlechten Zeitpunkt dafür ausgesucht«, sagte Hörg.

»Wie meinst du das?«

»Das erkläre ich dir später.«

»Bist du allein hierhergekommen oder sind Anton und Paula auch dabei?« Auch wenn er seinem König einiges zutraute, glaubte Hörg doch nicht, dass der die Gefahren der Reise allein auf sich genommen hatte.

»Die beiden führen die Amtsgeschäfte in Omega. Bert und Gerd haben mich begleitet. Sie sind aber auf der anderen Seite des Flusses zurückgeblieben und warten dort. Sicher wären die Nordlemminge nicht sehr erfreut gewesen, wenn ich mit zwei Ratten aufgetaucht wäre.«

»Ich glaube, die wären sogar froh, wenn du Rosas komplette Familie mitgebracht hättest«, entgegnete Hörg und dachte an die unzähligen Nachkommen, die die sextolle Ratte in die Welt gesetzt hatte. Sie hätten die Feldmäuse überrannt und Heidi wäre nie mehr auf die Idee gekommen, mit ihren Amazonen Delta anzugreifen.

»Auch das wirst du mir näher erklären müssen. Zunächst würde mich aber interessieren, warum ihr nicht in Delta seid und stattdessen hier draußen im Dunkeln herumschleicht.«

Abwechselnd erzählten Henni und Hörg ihrem König, was sich seit ihrem Aufbruch aus Gamma zugetragen hatte. Der unterbrach sie mit keinem Wort und hörte aufmerksam zu. Als die beiden ihren Bericht beendeten, sah Hilmer seine Berater stirnrunzelnd an.

»Da seid ihr ja wirklich in einen ganz schönen Schlamassel hineingeraten. Wir müssen dieser Heidi ihre komische Statue unbedingt zurückgeben. Einen Krieg kann sich unser Volk im Moment nicht leisten.«

»Genau das haben wir vor. Wir sind ja hier, weil wir nach dem Abbild der Rudolfa suchen. Das müsste eigentlich hier irgendwo sein. Hast du vielleicht etwas entdeckt?«

»Nein, Henni«, antwortete Hilmer. »Hier drinnen ist nichts. Aber draußen ist ein Brunnen. Vielleicht finden wir da einen Hinweis.«

Hörg sah sich noch einmal in der Hütte um, musste seinem Freund und König aber schnell recht geben. Außer einem Tisch mit einem Stuhl und dem Lager, auf dem Hilmer gelegen hatte, war sie absolut leer. Er fragte sich, wer diesen Unterschlupf mitten in der Wildnis erbaut hatte und wofür.

Der Brunnen befand sich hinter der Hütte. Er war rund, aus Stein gemauert und hatte ein Pavillondach. An einem Balken in der Mitte hing ein Seil. Zunächst untersuchten die drei Lemminge die Außenfläche nach einem Hinweis, entdeckten aber nichts. Dann leuchtete Henni in den Brunnenschacht hinein.

»Wasser scheint es hier keines mehr zu geben.«

»Kannst du den Grund erkennen?«, fragte Hilmer und trat neben seinen Freund.

»Ja. Das Ding scheint zugeschüttet worden zu sein.«

»Hoffentlich liegt das, was wir suchen nicht unter dem Schutt«, brummte Hörg ärgerlich.

»Es gibt nur eine Möglichkeit, das herauszufinden«, antwortete Henni.

»Du lässt dich am Seil hinunter.«

»Nein, Hörg. Du machst das.«

»Wieso denn ausgerechnet ich?«

»Du wirfst mir doch immer vor, dass ich ein wenig beleibt bin. Du kannst dich in dem Schacht wesentlich besser bewegen.«

»Sonst gibst du auch nicht zu, dass du zu dick bist.«

»Das bin ich auch nicht. Aber du bist dünner.«

»Hilmer könnte auch gehen.«

»Nein. Ich bin der König. Du kannst nicht von mir verlangen, dass ich die Drecksarbeit mache.«

Hörg sah seine Freunde ärgerlich an, musste aber erkennen, dass ihm wohl tatsächlich nichts anderes übrig blieb, als diesen Job zu übernehmen. Zum wiederholten Mal dachte er daran, dass es doch nicht so gut gewesen war, Norbert bei den Feldmäusen zurückzulassen. Seitdem sie keinen Helfer mehr hatten, blieben die unangenehmen Aufgaben ständig an ihm hängen.

»Wir werden dich von hier oben aus sichern«, versuchte Henni seinem Bruder Mut zu machen.

Der antwortete nicht, verknüpfte ein Ende des Seils zwischen seinen Beinen und dem Bauch, sodass er auch dann nicht abstürzen konnte, wenn er selbst loslassen musste. Dann stieg er auf den Rand des

Brunnens und schaute nach unten. Er wartete, bis seine Freunde die Sicherung auf Zug hatten, nahm die entzündete Lampe und ließ sich dann langsam in die Öffnung ab.

Mit den Füßen versuchte Hörg an der Wand des Brunnens Halt zu finden, aber die Steine waren glatt und hatten keinerlei Unebenheiten. Er musste sich völlig darauf verlassen, dass seine Freunde oben das Seil hielten. Jetzt war er froh darüber, dass nicht Henni in die Öffnung gestiegen war. Selbst mit Hilmer zusammen hätte er das Gewicht seines Bruders kaum halten können.

Kurz, nachdem er mit dem Kopf im Brunnen verschwunden war, sah Hörg an der Wand verschiedene Farben. »Stopp!«, schrie er nach oben und richtete seine Lampe auf die Stelle.

»Was ist los?«, gab Henni zurück. »Hast du etwa Angst?«

»Rede keinen Unsinn. Hier ist etwas. Jemand hat etwas an die Wand gemalt.« Hörg sah sich die Zeichnung im Licht der Lampe näher an.

»Ist es das Abbild des Götzen?«, wollte Henni wissen.

»Wenn ja, dann ist der ganz schön hässlich. Oder besser gesagt sie. Dagegen ist selbst Ingrid eine Augenweide.« Hörg schaute auf eine Feldmaus, die ihn aus weit geöffneten Augen anstarrte. Sie war in etwa halb so groß wie er selbst und hockte auf einer Art Thron. War es dieses Bild, auf das Sören mit seinem Rätsel hatte hinweisen wollen? Wenn das so war, standen Hörg und seine Freunde wieder am Anfang. Auch wenn sie offensichtlich das Abbild des Götzen gefunden hatten, brachte sie das nicht näher an die Statue der heiligen Rudolfa heran. Nein. Es musste hier unten noch etwas anderes geben. »Lasst mich langsam weiter runter. Ich denke, dass das Gemälde nur der Hinweis ist, dass wir an der richtigen

Stelle sind.«

Anstelle einer Antwort hörte Hörg einen spitzen Schmerzensschrei. Plötzlich lockerte sich das Seil über ihm, und bevor er irgendetwas dagegen unternehmen konnte, fiel er nach unten.

14

Henni fühlte, dass die Last am Seil plötzlich schwerer wurde, und sah aus den Augenwinkeln, wie Hilmer neben ihm zu Boden ging. Dann spürte er einen stechenden Schmerz am Bein und ließ ebenfalls los. Gleich darauf waren Hörgs wütende Schreie aus dem Brunnen zu hören. Doch zunächst musste Henni sich um sich selbst und seinen König kümmern. Was war hier los?

Wieder spürte Henni, dass er von irgendetwas getroffen wurde, und warf sich neben Hilmer auf den Boden. Der sah ihn verwirrt an und rieb sich die Schläfe. Direkt zwischen den beiden schlug ein Stein auf den Boden und knallte dann gegen den Brunnen.

»Was, zur Schneeeule, ist hier los?«, schrie Hörg von unten. »Seid ihr komplett wahnsinnig geworden?«

»Wir werden angegriffen«, gab Henni zurück und hielt die Pfoten vor den Kopf, um sich vor weiteren Treffern zu schützen. »Wir müssen hier weg«, sagte er zu Hilmer.

»Was soll das heißen? Wer greift euch an? Die Feldmäuse?«

»Das wissen wir nicht, Hörg. Gib Ruhe und warte einfach mal einen Moment ab. Dir ist ja nichts passiert.«

»Von wegen. Ich bin in den Brunnen gestürzt und hätte mir alle Knochen brechen können. Soll ich hier unten jetzt verrotten?«

»So schnell passiert das nicht«, gab Henni zurück und

musste sich im gleichen Moment ducken, um nicht von einem weiteren Stein getroffen zu werden. »Bleib schön sitzen und lauf nicht weg. Ich muss mich jetzt erst einmal um Hilmer kümmern.«

Der König wirkte noch immer benommen. Blut sickerte aus einer Wunde an seiner Schläfe hervor. Henni packte seinen Freund unter der Schulter und robbte mit ihm auf die andere Seite des Brunnens. Der nächste Stein verfehlte ihn nur knapp und flog wenige Zentimeter über seinem Kopf vorbei.

»Was ist passiert?«

»Jemand beschießt uns mit einer Steinschleuder«, antwortete Henni. »Wir werden uns diesen Kerl schnappen.«

»Was ist mit Hörg?«

»Der ist im Brunnen erst einmal gut aufgehoben, auch wenn er Zeter und Mordio schreit. Kannst du wieder laufen?«

»Es wird gehen«, antwortete Hilmer, dessen Blick bereits etwas klarer geworden war. »Wie gehen wir vor?«

»Der Angreifer muss sich hinter der Hütte versteckt halten, sonst würden wir ihn sehen. Du lenkst ihn ab und ich werde versuchen, in seinen Rücken zu gelangen.«

»Einverstanden.« Hilmer hob den Kopf über den Brunnenrand und duckte sich sofort wieder. Keine Sekunde zu früh, denn direkt über ihm schlug das Geschoss gegen den Holzpfeiler des Daches.

Henni packte sein Schwert und kroch zunächst ein Stück weiter nach hinten, damit er vom Angreifer nicht gesehen werden konnte. Hilmer tauchte immer kurz auf und hielt so die Aufmerksamkeit des feigen Heckenschützen auf sich.

Dir werde ich es zeigen, dachte Henni und robbte im großen Bogen um den Brunnen herum, um so hinter ihren Widersacher zu gelangen. Es kam ihm jetzt zugute, dass es immer noch nicht komplett dunkel war. So konnte Henni die Gestalt erkennen, die aus dem Schutz der Hütte heraus mit einer Steinschleuder auf den Brunnen zielte. So leise er konnte, schlich er näher an den Heckenschützen heran und hielt dabei den Griff seines Schwertes fest umklammert.

Kurz bevor der königliche Berater den Angreifer erreichte, schien dieser etwas zu merken. Aber es war zu spät. Bevor die erstaunlich kleine Gestalt zu einer Gegenwehr fähig war, schlug ihr Henni den Schwertknauf seitlich gegen den Kopf. Umbringen wollte er niemanden. Es war wichtig zu erfahren, warum der Kerl hier war und sie angegriffen hatte.

Es handelte sich zu Hennis Überraschung um einen Lemming, der noch deutlich jünger sein musste als er selbst. Von den Feldmäusen konnte der Heckenschütze nicht geschickt worden sein. Heidi hätte wenig davon, wenn sie ihre Aktionen sabotierte. So würde sie die heilige Rudolfa nie zurückbekommen. Der Schleuderschütze fiel wie vom Blitz getroffen um. Henni drehte ihn auf den Rücken, um sein Gesicht zu sehen, und erstarrte.

»Hilmer, komm her, das musst du dir ansehen!«

»Was ist denn?«

»Wir wurden von einem Weibchen angegriffen. Und sie kann nicht älter als acht Monate sein.«

»Das gibt es ja wohl nicht.«

»Doch! Schau selbst.« Henni verstand die Welt nicht mehr. Es war an sich schon unglaublich genug, dass der Heckenschütze ein Lemming war. Aber ein Weibchen, das noch nicht einmal ausgewachsen war? Was sollte das?

Hilmer trat neben seinen Freund. Beide starrten verwundert auf den leblosen Körper eines völlig verwahrlosten Weibchens, das trotz ihrer Ohnmacht die Steinschleuder noch fest in der Pfote hielt.

»Verstehst du das, Hilmer?«

»Nein. Die Kleine war völlig außer sich und hat uns als Feinde betrachtet. Wenn du mich fragst, ist sie nicht mehr ganz dicht. Wer weiß, wie lange sie schon allein hier draußen lebt.«

»Wir nehmen sie mit zum Brunnen«, sagte Henni. »Dort wecken wir sie auf. Ich bin wirklich sehr auf ihre Erklärung gespannt.«

»Gut. Dann müssen wir auch Hörg aus dem Brunnen befreien, sonst wird er sauer.«

»Der soll sich nicht so anstellen. Immerhin wurden wir angegriffen und nicht er.«

»Ich fürchte, dass ihn das nicht wirklich milder stimmen wird. Du weißt ja selbst, wie dickköpfig er manchmal ist.«

Henni und Hilmer packten das Weibchen jeweils an einem Bein und zogen es zum Brunnen. Dass sie durch Schläge gegen ihren Kopf eher tiefer in die Bewusstlosigkeit fiel, störte sie dabei nicht. Immerhin hatten sie selbst gemeine Treffer aus ihrer Steinschleuder einstecken müssen. Am Ziel angekommen, ließen die beiden das Weibchen einfach los und gingen zum Rand des Brunnens.

»Hey, Hörg«, rief Henni. »Alles klar da unten? Bist du noch da?«

»Wo soll ich denn sonst sein, du hirnloser Idiot?«

»Es gibt keinen Grund beleidigend zu werden.«

»Darüber reden wir noch. Was ist denn da oben bei euch los? Ihr könnt mich doch hier nicht einfach versauern lassen.«

»Das erklären wir dir, wenn du oben bist. Hast du da unten etwas gefunden?«

»Das sage ich euch, wenn ich oben bin.«

»Du bist doch nicht etwa beleidigt?«

»Nein, Henni. Ich bin sehr dankbar dafür, dass ihr mir

eine kleine Verschnaufpause gegönnt habt. Und jetzt macht, dass ihr mich hier heraushollt!«

»Er ist beleidigt«, flüsterte Henni Hilmer zu, der ihn nickend ansah.

»Das habe ich dir doch eben schon gesagt.«

»Sollen wir ihn sich noch ein bisschen beruhigen lassen?«

»Nein. Ich denke nicht, dass er danach besser auf uns zu sprechen sein wird. Wenn er die Göre da sieht, wird er sich beruhigen.«

»Also gut. Holen wir ihn hoch.«

»Wir haben nur ein Problem«, sagte Hilmer und deutete auf die leere Umlenkrolle für das Seil. »Wie bekommen wir ihn wieder nach oben?«

»Was ist denn nun los?«, schrie Hörg aus der Tiefe. »Es wird langsam kalt hier unten. Soll ich mir etwa zu den blauen Flecken auch noch eine Lungenentzündung holen?«

»Das wollen wir natürlich nicht«, gab Henni zurück. »Wir brauchen aber ein neues Seil.«

»Dann schaut in der Hütte nach.«

»Das hatten wir gerade vor.«

»Gut. Ich warte so lange hier.«

»Ich passe auf die Kleine auf«, sagte Hilmer. »Geh du nach einem Seil suchen.«

Henni befolgte den Befehl seines Königs und machte sich auf den Weg zur Hütte. An einen Erfolg glaubte er dabei nicht. Sie hatten schon gesehen, dass der Raum annähernd leer war, als sie ihn das erste Mal betreten hatten.

Wie erwartet stellte sich sehr schnell heraus, dass Henni in der kleinen Notunterkunft nichts finden würde. Sie würden versuchen müssen, irgendwie an das Seil zu kommen, das bei Hörg im Brunnen lag.

15

»Kann man euch beide denn gar nichts allein machen lassen?«, schimpfte Hörg, nachdem ihm sein Bruder berichtet hatte, dass sie kein zweites Seil gefunden hatten, um ihn aus dem Brunnen herauszuholen.

»Komm raus und sieh selbst nach, wenn du uns nicht glaubst.«

»Sehr witzig, Henni. Aber selbst du wirst einsehen, dass ich nicht hier unten bleiben kann.« Hörg war mittlerweile richtig sauer. Was auch immer in der letzten halben Stunde da oben los gewesen war, jetzt war das Maß voll. Er fror entsetzlich, war müde und bekam langsam Platzangst in diesem Loch.

»Binde doch einfach ein Ende des Seiles um einen Stein und wirf ihn hoch«, schlug Hilmer vor.

»Hier unten gibt es nur Lehm. Ich muss sagen, dass ich darüber auch sehr froh bin. Immerhin habt ihr mich in den Brunnen fallen lassen und ich hätte mir alle Knochen brechen können.«

»Sei nicht so nachtragend«, antwortete Henni. »Es ist dir ja nichts passiert. Ich werfe dir etwas runter.«

»Warte!«, schrie Hörg, aber es war bereits zu spät. Bevor er sich in Sicherheit bringen konnte, schlug der Stein einmal gegen die Brunnenwand und dann gegen seinen Hinterkopf.

»Habe ich dich getroffen? Das tut mir leid.«

»Auch wenn du mein Bruder bist. Ich werde dich umbringen.« Hörg kämpfte gegen die Tränen und rieb sich die schmerzende Stelle.

»Ich habe mich doch gerade entschuldigt.«

Als Hörg wieder halbwegs klar sehen konnte, griff er nach dem zum Glück nur faustgroßem Geschoss und band das Seil darum. Dann stand er auf und warf den Stein nach oben. Dieser schlug gegen das Pavillondach und fiel wieder herunter. Diesmal hatte

Hörg aber damit gerechnet und konnte sich rechtzeitig in Sicherheit bringen.

»Ihr müsst das Ding schon fangen«, rief er nach oben.

»Sorry, Hörg. Das war unser Fehler«, sagte Henni und schaute durch die Brunnenöffnung nach unten. »Versuchs noch einmal.«

Sei froh, dass ich jetzt nicht an dich herankomme, dachte Hörg zornig und warf den Stein erneut nach oben. Diesmal schlug er kurz vor der Öffnung gegen den Innenrand des Brunnens und fiel zurück in die Tiefe. Nach drei weiteren Fehlversuchen, die Hörg einen Treffer am Arm und einen am Bein einbrachten, gab dieser auf und setzte sich auf den Boden.

»Was ist los?«, rief Hilmer.

»Ich weiß nicht, ob dir das aufgefallen ist, aber so funktioniert das nicht.«

»Du musst einfach fester werfen«, spornte Henni seinen Bruder an.

»Ich kann hier kaum ausholen. Es ist zu wenig Platz. Wir müssen uns etwas anderes einfallen lassen.«

»Du könntest einen Pfeil nach oben schießen.«

»Ich habe meinen Bogen nicht hier.«

»Warte. Ich gebe dir meinen.«

Bevor Hörg widersprechen konnte, warf Henni einen Pfeil nach unten. Der blieb direkt zwischen Hörgs Beinen im Lehm stecken. *Das gibt es doch gar nicht*, dachte er, sah nach oben und wurde vom Bogen auf die Nase getroffen.

»Bist du jetzt komplett wahnsinnig geworden?«

»Hör auf zu jammern«, antwortete Henni. »Jetzt hast du doch alles, was du brauchst.«

Hörg verzichtete auf einen weiteren Kommentar, schwor sich aber, sich bei passender Gelegenheit an seinem Bruder zu rächen. Henni würde es noch bereuen, wie er ihn in der letzten Stunde behandelt hatte. Und Hilmer ebenso. Hörg band das Seil am

Schaft des Pfeiles fest, spannte den Bogen, zielte nach oben und schoss. Er war sich sicher, dass weder Hilmer noch Henni das Geschoss auffangen würden, und atmete erleichtert auf, als es mit der Spitze im Pavillondach stecken blieb. Jetzt konnten ihn seine Freunde endlich aus dem Brunnen herausholen.

Mit vereinten Kräften zogen Hilmer und Henni ihren Freund nach oben. Als der sich mit beiden Pfoten am Brunnenrand festhielt und langsam aus dem Loch herauskletterte, ließ sein Bruder das Seil los und lief ein Stück von ihm weg.

»Du bist aber jetzt nicht irgendwie sauer, oder?«, fragte Henni aus sicherer Entfernung.

»Dazu besteht doch überhaupt kein Grund«, antwortete Hörg ärgerlich. »Außer vielleicht, dass du langsam zu verblöden scheinst. Offensichtlich standest du zu lange unter Konans Einfluss. Du lässt mich abstürzen, bewirfst mich mit Steinen, einem Pfeil und dem Bogen und machst dich dann auch noch über mich lustig.«

»Ich finde ja, dass du übertreibst«, sagte Henni und ging noch ein paar Schritte zurück, als er den zornigen Blick seines Bruders sah. »Du weißt, dass das alles keine Absicht war.«

»Nun ist es genug«, mischte sich Hilmer in den Streit ein. »Wir sind schließlich nicht zum Spaß hier und haben noch einiges vor uns.«

»Unser König hat recht«, sagte Henni. »Du musst dich jetzt beruhigen.«

»Ich bin die Ruhe in Person«, antwortete Hörg und versuchte sich mit aller Kraft zu beherrschen. »Was habt ihr beiden denn so lange hier oben getrieben? Und was ist mit der Göre, die da auf dem Boden liegt.«

»Dieses feige, kleine Weibchen hat uns mit einer Steinschleuder beschossen«, erklärte Hilmer seinem Freund. »Deswegen mussten wir in Deckung gehen und konnten das Seil nicht mehr festhalten.«

»Ich hätte mir das Genick brechen können.«

»Das ist ja zum Glück nicht passiert«, sagte Henni. »Aber wir mussten uns wirklich erst um die Kleine kümmern. Das musst du doch einsehen.«

»Immerhin wurden wir angegriffen und mussten unser Leben verteidigen«, ergänzte Hilmer.

»Das ist alles klar. Auch ich weiß, dass ihr mich nicht ohne Grund im Stich gelassen habt. Zumindest hoffe ich das.«

»Das würden wir niemals tun«, sagte Henni empört.

»Was ist jetzt mit der Göre?«, wechselte Hörg das Thema. »Wollen wir sie wecken?«

»Müssen wir wohl«, antwortete Henni. »Ich bin schon sehr gespannt, was sie uns zu erzählen hat. Aber vorher würde mich interessieren, was du in dem Brunnen gefunden hast.«

»Nachdem ihr mich hattet abstürzen lassen, war ich zunächst sehr erleichtert, dass der Brunnen nicht sehr tief war und man ihn mit Lehm anstelle von Steinen aufgefüllt hatte. Dennoch war der Aufprall sehr schmerzhaft.« Hörg sah seine Freunde an, doch da beide nicht auf seinen Vorwurf reagierten, sprach er weiter. Endgültig erledigt war die Sache für ihn allerdings noch lange nicht.

»Zunächst habe ich den Grund untersucht, dort aber nichts finden können. Zeit hatte ich ja genug. Also habe ich mir die Innenwände genauer angesehen und bin dann auf einen Nagel gestoßen, an dem ein Schlüssel hing. Daran war ein Zettel mit einer Nachricht angebunden.«

Hörg hielt seinen Freunden den Schlüssel und den Hinweis hin. Beide beugten sich vor, um die Zeilen zu lesen.

Auf dem Weg zum Propheten Schoß,
liegt für den Schlüssel das passende Schloss.

»Das war alles?«, fragte Hilmer irritiert.

»Ja. Ich habe noch weiter gesucht, aber nichts gefunden. Wie bereits erwähnt hatte ich ja Zeit genug.«

»Jetzt stell dich nicht so an«, schimpfte Henni. »Wir haben dir erklärt, dass wir dich nicht absichtlich losgelassen hatten. Irgendwann muss es auch einmal gut sein. Es war wirklich nicht lustig, von dieser Göre mit einer Steinschleuder beschossen zu werden.«

»Das habe ich auch nicht gesagt.«

»Dann hör mit der Nörgelei auf!«

Ein Stöhnen lenkte die Aufmerksamkeit der drei Lemminge auf sich.

»Die Kleine scheint wach zu werden«, sagte Hilmer. »Vielleicht kann sie uns sagen, was der Hinweis zu bedeuten hat.«

»Ich hätte da auch noch ein paar andere Fragen«, bemerkte Henni mit zorniger Stimme.

Das Weibchen schlug die Augen auf, sprang auf und wollte sofort wegrennen. Henni war aber schneller und packte die Heckenschützin im Genick.

»Du bleibst schön hier«, sagte er wütend. »Oder glaubst du, dass wir dich einfach ungestraft wieder laufen lassen?«

»Ich habe nichts Unrechtes getan.«

»Ach, so ist das«, regte sich Hilmer auf. »Du meinst also, dass es normal ist, zwei unbescholtene Bürger mit Steinen zu beschießen?«

»Am liebsten würde ich dich in den Brunnen werfen«, sagte Henni.

»Glaub mir. Der macht das«, fügte Hörg mit ernstem Blick hinzu. »Ich würde jetzt lieber bei der Wahrheit bleiben.«

»Es war meine Aufgabe zu verhindern, dass jemand in den Brunnen steigt und den Schlüssel findet. Das könnt ihr mir nicht zum Vorwurf machen.«

»Das ist ja sehr interessant«, stellte Henni fest und hob drohend die Pfote. »Wer hat dir diesen Auftrag gegeben?«

»Sören.«

»Das kann nicht sein«, widersprach Hörg. »Der Kerl ist schon gestorben, als du noch ein kleiner Welpe warst. Hör auf uns anzulügen, sonst werfe ich dich selbst in den Brunnen.«

»Also gut. Es war mein Bruder. Er ist vor zwei Wochen fünfzehn Monate alt geworden und von den Katapulten ins feindliche Lager geschleudert worden.«

»Wieso denn das?«, fragte Hilmer entsetzt.

»Das erklären wir dir später«, antwortete Henni. »Die Nordlemminge haben seltsame Angewohnheiten.« Dann wandte er sich wieder dem jungen Weibchen zu. »So, und jetzt fängst du ganz von vorn an. Am besten sagst du uns erst einmal, wie du heißt.«

»Denise.«

»Wie kommt so ein zotteliges Wesen zu so einem schönen Namen?«, mischte sich Hörg ein.

»Sie war bestimmt nicht immer so verfilzt«, sagte Henni ärgerlich. »Erzähl weiter. Was hat dein Bruder mit Sören zu tun?«

»Er war sein Gehilfe. Der Meister hat ihm den Auftrag gegeben, den Brunnen zu bewachen. Als Gunnar starb, habe ich das übernommen.«

»Weißt du etwas über den Schlüssel?«

»Nur, dass er nicht in falsche Hände geraten darf. Ich kannte Sören ja nicht und auch Gunnar hat mich nicht in alles eingeweiht. Er meinte, dass irgendwann die richtige Person kommen und in den Brunnen steigen würde.«

»Und wie solltest du denjenigen erkennen?«

»Das hat Gunnar nicht gesagt.«

»Das kann doch nicht alles gewesen sein«, schrie Henni. »Du bist seit Wochen allein hier draußen und willst noch nicht einmal wissen, warum. Hör endlich mit der Lügerei auf!«

»Ich habe die Wahrheit gesagt«, antwortete Denise trotzig.

»So kommen wir nicht weiter«, sagte Hilmer. »Wir nehmen die Kleine mit in den Palast. Soll sich doch dieser Konan um sie kümmern. Sie hat sicher Hunger und ein Bad könnte ihr auch nicht schaden.«

»Hältst du jetzt auch noch zu ihr?«

»Nein, Henni. Aber ich glaube, dass sie die Wahrheit sagt. Sie ist noch jung und hat den letzten Wunsch ihres Bruders erfüllt. Sollen wir sie dafür jetzt wirklich bestrafen?«

»Verdient hätte sie es.«

»Vielleicht stimmt das sogar«, sagte der König. »Versetz dich aber einmal in ihre Lage. Das Leben, was sie in den vergangenen Wochen geführt hat, war Strafe genug. Es wird Zeit, dass sie wieder in ein zivilisiertes Umfeld kommt.«

»Dann dürfen wir sie aber nicht zu Konan schicken«, sagte Hörg.

»Das werden wir sehen. Lasst uns jetzt erst einmal in die Stadt gehen.« Hilmers Miene ließ keinen Zweifel daran, dass er diese Diskussion als beendet ansah.

»Des Rätsels Lösung sind wir so aber auch nicht näher«, brummte Henni. »Wir sind genauso schlau wie vorher.«

»Das stimmt nicht ganz, mein lieber Bruder.«

»Wieso? Hast du vielleicht eine Idee.«

»Die habe ich in der Tat.«

»Warum sagst du dann nichts?«

»Weil ihr mich nicht gefragt habt.«

Hilmer und Henni verdrehten genervt die Augen und

sahen ihren Freund herausfordernd an.

»Möchtest du uns vielleicht jetzt, bitte, an deinen Überlegungen teilhaben lassen?«, fragte der König.

»Aber natürlich. Hatte ich erwähnt, dass ich im Brunnen viel Zeit zum Nachdenken hatte?«

»Ja, das hast du!«, schrien Hilmer und Henni fast gleichzeitig.

Ein Blick in ihre Gesichter reichte Hörg aus, um zu erkennen, dass er dieses Thema zunächst nicht mehr überstrapazieren durfte. »Also gut. Mit dem Schoß des Propheten kann eigentlich nur das gelobte Land gemeint sein. Das Schloss muss sich demnach auf dem Weg zur Plattform auf dem Berg befinden.« Hörg sah seine Freunde triumphierend an.

»Das könnte stimmen«, sagte Henni nach einer Weile.

»Einen anderen Propheten als Wonibalt kenne ich auch nicht.«

»Sag ich doch. Wir müssen auf die andere Seite des Walls und dann zum Berg.«

»So machen wir es«, stimmte Henni seinem Bruder zu.

»Aber erst reden wir mit Konan. Wir müssen Denise loswerden. Und vielleicht wäre es sinnvoll, Ingrid mitzunehmen, falls wir in das Gebiet müssen, das von den Feldmäusen bewacht wird. Wenn wir dort ohne sie auftauchen, wird Heidi sicher misstrauisch und hetzt uns ihre Amazonen auf den Hals.«

»Muss das sein?«, fragte Hörg, der Ingrid nicht nur nicht leiden konnte, sondern regelrecht verabscheute.

»Wenn wir sie in der Stadt lassen, kann uns Heidi auch nichts tun, wenn sie ihre Kampfgefährtin lebend zurückhaben will.«

»Das mag sein«, gab Henni zu. »Wir dürfen aber kein unnötiges Risiko eingehen. Wenn wir wirklich in die Fänge der Amazonen geraten, kann es sein, dass wir gar nicht erst zu Heidi geführt werden. Es haben bestimmt nicht alle Feldmäuse mitbekommen, dass wir mit der Heerführerin verhandelt haben.«

»Dass Waffenstillstand ist, wissen alle Feldmäuse.«

»Schon. Aber werden sie sich auch daran halten?«

»Meinetwegen, nehmen wir Ingrid eben mit.«

»Was hast du denn gegen sie?«, wollte Hilmer wissen.

»Sie ist doch nur eine Feldmaus.«

»Du wirst dich noch wundern«, antwortete Hörg. »Die Amazonen sind wirklich schlimm. Gegen Ingrid riecht Denise, als hätte sie in köstlich duftenden Ölen gebadet.«

»Vermutlich übertreibst du wieder einmal«, sagte der König. »Wir sollten jetzt endlich gehen, sonst stehen wir morgen noch hier und diskutieren.«

Auf dem Weg nach Delta nahmen Henni und Hörg Denise in die Mitte. Hilmer ging hinter ihnen, damit das Weibchen nicht abhauen konnte. Mittlerweile war fast der nächste Morgen angebrochen und die drei Freunde einigten sich darauf, im Palast erst noch ein paar Stunden zu schlafen, bevor sie sich auf den Weg zur Plattform machen wollten.

16

»Denise!«, rief Konan überrascht, als die vier Lemminge sein Audienzzimmer betraten. Der Regent von Delta schluckte gerade den letzten Bissen seines Frühstücks hinunter, sprang auf und umarmte das junge Weibchen voller Freude. »Wo hast du denn die letzten Wochen gesteckt?«

»Du kennst die Göre?«

»Natürlich, Hörg. Sie ist Gunnars kleine Schwester. Die beiden haben hier im Palast gewohnt. Seit dem Tod ihres Bruders habe ich Denise nicht mehr gesehen.«

»Was du nicht sagst«, antwortete Hörg. Er spürte, wie sich seine Nackenhärchen vor Wut langsam aufrichteten. Er musste seine ganze Willenskraft aufbringen, um sich nicht auf den völlig verblödeten Stadtregenten zu stürzen. »Dann ist es dir sicher auch nicht neu, dass Gunnar der Gehilfe deines Historikers war.«

»Nein, Sören hat die beiden aufgezogen, als wären sie seine Kinder.«

»Findest du nicht auch, dass wir unseren Informationsaustausch optimieren sollten?«

Konan sah Hörg einen Moment verständnislos an. »Habe ich irgendetwas verpasst?«

»Ja, du hirnverbrannter Idiot«, schrie Hörg voller Zorn. »Es wäre durchaus von Vorteil für uns gewesen, wenn wir gewusst hätten, dass Sören einen Helfer hatte. Dann wären wir auf mögliche Angriffe vorbereitet gewesen oder hätten selbst nach ihm suchen können. Wenn ich es nicht besser wüsste, könnte ich glatt vermuten, dass du gar nicht willst, dass wir die heilige Rudolfa finden.«

»Jetzt übertreibst du aber. Ich habe einfach in dem ganzen Trubel nicht an Gunnar und Denise gedacht. Das kann doch mal vorkommen.«

»Nein, kann es nicht«, sagte Henni. »Mittlerweile sind es eindeutig zu viele Dinge, die du einfach nicht bedacht hast. Die Kleine hätte wichtige Informationen für uns haben können, die uns vielleicht Zeit erspart hätten. Ich weiß nicht, ob du das immer noch nicht begriffen hast, aber es geht hier um die Existenz eurer Stadt.«

»Ich werde mich bemühen, euch in Zukunft alles zu sagen, was ich weiß.« Konan sah die beiden Brüder sichtlich geknickt an.

»Wir bitten darum«, sagte Hörg.

»Wen habt ihr denn da noch mitgebracht? Den Landstreicher kenne ich noch gar nicht.«

Bevor Henni oder Hörg antworten konnten, trat Hilmer

einen Schritt vor. »Ich bin dein König!«, schrie er Konan an. »Und wenn du weiterhin der Regent dieser Stadt bleiben willst, solltest du mir den nötigen Respekt erweisen.«

»Du bist Hilmer?«

»Genau der.«

»Verzeiht mir, Hoheit. Das konnte ich nun wirklich nicht wissen.«

Die drei Lemminge aus Omega verzichteten auf eine Antwort und berichteten Konan stattdessen, was in den letzten Stunden passiert war.

»Dann habt ihr die Stelle also tatsächlich gefunden«, stellte der Regent zufrieden fest.

»Das haben wir. Dabei ist uns dann die kleine Göre über den Weg gelaufen. Ganz so unschuldig, wie du denkst, ist sie nämlich nicht.« Henni warf Denise einen bösen Blick zu. Am liebsten würde er sich selbst darum kümmern, dass die Kleine in Zukunft eine bessere Erziehung genoss.

»Denise trifft keine Schuld. Sie hat nur getan, was ihr Gunnar aufgetragen hat. Das arme Ding ist völlig verstört und hat sicher seit Tagen nichts Vernünftiges gegessen. Ich werde mich ab sofort um sie kümmern.«

»Es wundert mich nicht, dass du zu ihr hältst«, sagte Hörg.

»Jetzt beruhigt euch erst einmal und esst etwas. Es ist genug für alle da. Ich bringe in der Zwischenzeit Denise woanders im Palast unter.«

Die drei Lemminge merkten erst jetzt, wie hungrig sie waren, und nahmen Konans Angebot dankbar an.

»Der Kerl scheint wirklich nicht das dickste Buch im Regal zu sein«, sagte Hilmer zwischen zwei Bissen.

»Definitiv nicht«, antwortete Hörg. »Du wirst ihm einiges erklären müssen, wenn er diese Stadt in Zukunft vernünftig führen soll, wobei ich bezweifle, dass er dazu jemals in der Lage sein wird.«

»Darum kümmere ich mich später. Zunächst müssen wir diesen unsinnigen Krieg mit den Feldmäusen beenden.«

»Eines habe ich noch nicht verstanden«, sagte Konan, nachdem er zurückgekehrt war und am Tisch Platz genommen hatte. »Warum musstet ihr unbedingt in der Nacht zum Brunnen? Den Schlüssel hättet ihr doch auch im Hellen gefunden.«

»Das war wohl nur ein Scherz von diesem Sören«, antwortete Hörg. »Vermutlich ging es ihm nur darum, dass sich seine verschlüsselte Botschaft reimte.«

»Das würde zu ihm passen. Auf jeden Fall stimme ich euch in der Vermutung zu, dass dieses Schloss auf dem Weg zu unserer Todesplattform ist. Das ist euer nächstes Ziel.«

»Erreichen wir den Berg direkt von der Stadt aus?«, fragte Hörg.

»Nein, ihr müsst vor den Wall. Der Eingang in den Berg befindet sich auf der Seite, auf der sich Heidis Heer versammelt hat.«

»Wenn das so ist, nehmen wir Ingrid mit«, entschied Henni. »Ich hoffe, es gab keinen Ärger mit der Feldmaus.«

»Nein. Sie spricht nicht gerade viel, hat aber die Reinigungsprozedur ohne zu murren über sich ergehen lassen. Wir haben ihr etwas zu essen gegeben und ich denke, dass sie im Moment schläft.«

»Das ist ein gutes Stichwort«, sagte Henni. »Wir haben eine lange Nacht hinter uns und wollen uns noch ein paar Stunden ausruhen, bevor wir weitersuchen.«

»Das ist verständlich. Ich werde euch gleich ein Zimmer herrichten lassen. Wenn ihr sonst noch irgendwas benötigt, lasst es mich wissen.«

»Für den Moment war es das«, sagte Hilmer. »Alles Weitere besprechen wir dann später.«

Konan rief einen seiner Bediensteten zu sich und wies ihn an, seine Gäste in ihre Unterkunft zu bringen und vor allem dafür Sorge zu tragen, dass es dem König an nichts fehlte. Henni, Hörg und Hilmer waren froh, endlich eine Pause einlegen zu können und folgten dem Männchen mit müden Schritten.

Die drei Lemminge aus Omega wurden in einem großen Raum untergebracht, der jedem genug Platz bot, es sich auf seinem Lager bequem zu machen.

»Ich wünsche euch eine angenehme Tagesruhe«, sagte Henni, legte sich auf den Rücken und schlief sofort ein.

Hilmer und Hörg taten es ihrem Freund gleich und streckten sich ebenfalls auf ihren Lagern aus. Wenige Augenblicke später war es bis auf ein paar Schnarchgeräusche ruhig im Raum.

17

»Verflixt, wie spät ist es?«, rief Henni, als er aus dem Schlaf erwachte, und sah sich irritiert um.

Am Eingang stand das Männchen, das sie Stunden zuvor in ihre Unterkunft gebracht hatte, und räusperte sich verlegen.

»Die Mittagsstunde ist bereits vorüber. Konan schickt mich, um euch zu bitten, ihn im Audienzzimmer aufzusuchen. Er sagt, es sei alles für eure nächste Mission vorbereitet.«

»Wie meint er das denn?«, fragte Henni verwirrt. »Außer unseren Waffen brauchen wir doch nichts.«

»Er hat mich nicht in seine Pläne eingeweiht und mir nur aufgetragen, dass ich euch holen und zu ihm bringen soll.«

»Also gut.« Henni stand auf, weckte zuerst seinen Bruder und dann Hilmer. Beide schienen einen deutlich tieferen Schlaf zu haben als er selbst und waren wenig erfreut, so unsanft daraus herausgerissen zu werden.

»Was willst du denn?«, fragte Hörg ärgerlich.

»Wir müssen aufstehen. Es ist bereits Nachmittag.«

»Das ist mir egal. Ich bin noch müde.«

»Das sind wir alle. Trotzdem haben wir einen Auftrag zu erledigen und nicht ewig Zeit dafür.«

»Henni hat recht«, sagte Hilmer mit verschlafener Stimme und stand ebenfalls auf.

Hörg blieb nichts anderes übrig, als seinen Freunden zu folgen. Mürrisch machten sich die drei auf den Weg in das Audienzzimmer des Stadtregenten.

»Ich hoffe, ihr hattet eine angenehme Nachtruhe«, begrüßte Konan seine Gäste.

»Nein«, sagte Hörg, der sich noch immer nicht richtig wach fühlte. »Es ist Tag und der Schlaf war viel zu kurz.«

»Es tut mir leid«, sagte Konan. »Ich dachte, ihr wolltet so früh geweckt werden.«

»Das ist ja auch so«, beruhigte Henni den Regenten. »Mein Bruder ist lediglich ein bisschen unausgeglichen.«

Hörg verzichtete auf einen Kommentar und nahm stattdessen am Tisch Platz. Henni und Hilmer taten es ihm gleich.

»Wir werden uns jetzt nicht lange hier aufhalten«, erklärte Hilmer. »Wie mir meine Berater mitteilten, hat diese Heidi ein Ultimatum gestellt und wird sicher nicht zögern, einen erneuten Angriff auf die Stadt zu befehlen, wenn dieses abgelaufen ist. Wir brauchen einen Führer, der uns zeigt, wo der Pfad zu der Todesplattform beginnt. Außerdem Waffen und Lampen.«

»Ich habe bereits alles vorbereiten lassen«, sagte Konan. »Den Einstieg kann ich euch vom Wall aus zeigen. Auch Ingrid ist bereit und erwartet euch.«

»Dann lasst uns gehen.«

Hörg hätte zwar lieber noch eine weitere Mahlzeit eingenommen und war sich sicher, dass es Henni ebenso ging, aber der König hatte natürlich recht. Sie hatten keine Zeit zu verlieren. Er versäumte es aber nicht, Konan damit zu beauftragen, ihnen noch ein ausgiebiges Proviantpaket herrichten zu lassen.

Auf dem Wall trafen sie auf die Gefangene, die von zwei Soldaten bewacht wurde.

»So sieht also eine Feldmaus aus«, sagte Hilmer und betrachtete die Amazone vom Kopf bis zu den Pfoten.

»Wobei man sagen muss, dass Ingrid ein äußerst hässliches Exemplar ist«, sagte Hörg. »Ich gebe aber zu, dass ihr das Bad gut bekommen ist. Du hättest sie vorher mal sehen sollen.«

»Dir vergehen die blöden Sprüche wohl nie«, zischte die Amazone ärgerlich.

»Du kannst ja reden«, freute sich Hörg. »Das ist eine völlig neue Basis für unsere Beziehung.«

»Halt einfach den Mund.«

»Och, Ingrid. Mach doch jetzt keinen Rückzieher. Wo wir doch gerade damit begonnen haben, uns besser zu verstehen.«

Henni und Hilmer brachen in schallendes Gelächter aus und selbst Konan konnte sich ein schiefes Lächeln nicht verkneifen. Ingrid dagegen sah Hörg aus hasserfüllten Augen an. Sicher würde sie ihm seine Gemeinheiten heimzahlen, sollte sie auch nur die kleinste Gelegenheit dazubekommen.

»Liebes, du darfst das Hörg nicht übelnehmen«, sagte Hilmer und lächelte die Amazone an.

»Wie hast du mich gerade genannt?« Ingrid bekam einen hochroten Kopf.

Hörg konnte dabei nicht beurteilen, ob das jetzt aus reiner Wut oder auch ein bisschen aus Verlegenheit geschah.

»Du siehst entzückend aus, wenn du wütend bist, Liebes.«

»Und du scheinst noch bescheuerter zu sein als deine Freunde. Wer bist du überhaupt?«

»Mein Name ist Hilmer und ich bin der König im Reich der Lemminge.«

Ingrid zeigte sich von dieser Aussage wenig beeindruckt und sah Hilmer nur verächtlich an.

»Ich sage ja, dass diese Amazonenweibchen völlig an der Realität vorbeileben«, provozierte Hörg die Feldmaus weiter. »In Wahrheit führen sie den Krieg nur, um überflüssige Aggressionen loszuwerden. Es kann ja nicht gut sein, wenn die Männchen nur als Zuchtbullen missbraucht werden und die Weibchen das Sagen haben.«

»Es hat eben jede Art seine eigenen Lebensgewohnheiten«, sagte Hilmer. »Bei den Ratten haben wir auch erst gedacht, dass sie ein blutrünstiges und verrücktes Volk sind. Bestimmt ist das bei den Feldmäusen ähnlich. Wenn wir ihre Kultur besser kennenlernen könnten, würden wir vielleicht sogar Freunde werden.«

»Du weißt gar nichts, du komischer Hilmerkönig«, fauchte Ingrid verächtlich. »Ausgerechnet von einem Lemming werde ich mir nicht sagen lassen, dass wir ein verrücktes Leben führen.«

»Ach Liebes, so ein bisschen mitarbeiten musst du auch, wenn du willst, dass unsere Völker zusammenwachsen.«

»Wer sagt, dass ich das will, du Spinner. Können wir jetzt endlich losgehen?«

»Da hat sie jetzt ausnahmsweise mal recht«, sagte Hörg und wandte sich an den Regenten von Delta. »Wo müssen wir lang?«

»Der Eingang liegt direkt dort unten«, sagte Konan und zeigte mit der Pfote auf eine kleine Öffnung am

Fuße des Berges.

Henni, Hörg und Hilmer gingen mit Ingrid die Treppe nach unten und gelangten durch ein Tor vor den Wall. Von hier aus war es nicht weit bis zum Berg und die vier legten die Strecke in wenigen Minuten zurück.

18

»Haltet nach etwas Ausschau, das aussieht wie ein Schloss«, sagte Hörg zu seinen Freunden, als sie den Gang zur Plattform betraten. »Vielleicht gibt es hier auch eine Truhe oder etwas Ähnliches. Ich glaube allerdings nicht, dass Sören ein Versteck gewählt hat, das leicht zu finden ist.«

»Bestimmt nicht«, gab Henni seinem Bruder recht. Er entzündete die Lampe und leuchtete die kahlen und schmucklosen Wände ab. Von hier aus führte eine Wendeltreppe nach oben.

Henni und Hörg gingen als Erste und untersuchten dabei jeden Zentimeter der Wand nach einem möglichen Versteck. Hilmer wartete, bis sie um die erste Biegung verschwunden waren, und zeigte dann auf die Stufen.

»Geh vor mir her, mein Liebes. Ich lasse dir gerne den Vortritt.«

»Hast du etwa Angst, dass ich heimlich verschwinde?«

»Natürlich nicht. Ich habe dich nur gerne im Auge, damit ich aufpassen kann, dass dir nichts geschieht.«

»Spar dir dein Gesülze. Heidi wird mich einen Kopf kürzer machen, wenn ich vor Ablauf der Frist allein ins Lager zurückkehre. Ich werde also mit euch zusammenarbeiten. Wenn ich auch zugeben muss, dass mir das nicht sonderlich gefällt.«

»Warte nur, bis wir uns besser kennengelernt haben. Dann ist alles nur noch halb so schlimm.«

»Du weißt gar nichts, Hilmerkönig. Mit euch unterwegs

zu sein, ist eine echte Strafe.«

»Das liegt daran, dass du nur das Negative sehen willst. Wir beide haben jetzt die Möglichkeit, etwas für die Völkerverständigung zu tun. Willst du diese Chance etwa ungenutzt lassen?«

»Du kannst es einfach nicht lassen, oder?«

»Nein. Und ich wüsste auch nicht, warum ich das tun sollte.«

»Kommt ihr jetzt oder wollt ihr da unten bleiben?«, rief Hörg von oben.

»Wir sind schon auf dem Weg«, antwortete Hilmer und ging hinter Ingrid die Stufen nach oben.

Henni hatte das Gefühl, dass die Treppe gar nicht mehr enden wollte, und es fiel ihm von Schritt zu Schritt schwerer, weiterzusteigen. Bei dem Gedanken, dass er den Weg auch wieder zurück musste, wurde ihm schwindelig. Viele Lemminge waren die Treppe vor ihnen sicher nicht nach unten gelaufen. Schlimm war auch, dass sie nach ein paar Umdrehungen völlig die Orientierung verloren hatten, so wussten sie weder; wie weit oben sie waren, noch wie viele Stufen sie vor sich hatten.

»Weit kann es nicht mehr sein«, ächzte Hörg, blieb kurz stehen und atmete tief durch.

»Einen Hinweis haben wir aber immer noch nicht gefunden.«

»Ich denke, dass das Schloss sehr weit oben ist. Vielleicht sogar auf der Plattform.«

»Ich hoffe, du hast recht.«

»Ich spüre einen Luftzug«, sagte Hörg einige Minuten später. »Jetzt kann es wirklich nicht mehr weit bis zum Ausgang sein.«

Henni verzichtete auf eine Antwort und stieg schnaufend die Treppenstufen hoch.

Plötzlich blieb Hörg, der seinen Bruder mittlerweile

überholt hatte, stehen und Henni wäre fast gegen ihn gelaufen.

»Was ist denn los?«

»Schau dir das da vorn Mal an.«

Endlich hatten sie das Ende der Treppe erreicht und standen in einem Raum, von dem aus sie die Todesplattform sehen konnten. Direkt neben dem Ausgang war ein Lemming auf den Fels gemalt. Unter dem Bild war ein Holzschild angebracht, auf dem in schwarzer Farbe ein Text geschrieben stand.

Sei fröhlich auf dem letzten Weg,
vor dir liegt der heilige Steg.
Gleich bist du im gelobten Land,
und der Prophet reicht dir die Hand.

»Was soll das nun wieder heißen?«

»Ich glaube nicht, dass Sören diese Zeilen geschrieben hat«, beantwortete Hörg die Frage seines Bruders.

»Sondern?«

»Vermutlich ist das ein letzter Gruß an die Lemminge, die von hier aus in den Tod gesprungen sind.«

»Das denke ich auch«, sagte Hilmer und trat gemeinsam mit Ingrid neben seine beiden Freunde.

Die Amazone sah sich das Bild an der Wand einen Moment an und begann herzhaft zu lachen.

»Was hast du, Liebes?«

»Ihr Lemminge seid wirklich ein komisches Volk. Da wundert es mich auch nicht mehr, dass deine Artgenossen ausgerechnet dich zum König gemacht haben.«

»Warum musst du immer alles so negativ sehen?«

»Hört auf mit der Kleinen zu streiten«, mischte sich Hörg ein. »Wenn sie sich nicht benimmt, stecken wir ihr einen Knebel in den Mund, dann ist Ruhe.«

»Das würde dir wohl passen«, zischte Ingrid säuerlich.

»Mir auch«, sagte Henni. »Schweigsam hast du mir besser gefallen.«

»Wir sollten mit dem Unsinn aufhören und lieber versuchen, dieses Schloss zu finden«, sagte Hilmer, bevor die Diskussion in einen handfesten Streit ausarten konnte.

Henni und Hörg gaben ihrem König recht und selbst Ingrid nickte. Sie durchsuchten jeden Zentimeter des Raumes und leuchteten dabei sogar die Decke ab. Einen Erfolg erzielten sie dabei leider nicht.

»Dann muss das Schloss draußen bei der Plattform sein«, sagte Hörg bestimmt und trat als Erster ins Freie.

»Springt ihr jetzt da runter?«, fragte Ingrid hoffnungsvoll.

»Ein Lemming tut so etwas nicht«, entgegnete Hilmer.

»Da habe ich aber etwas ganz anderes gehört.«

»Ich gebe zu, dass dies einmal anders war. Aber nun gehören die Selbstmorde in unserem Volk der Vergangenheit an.«

»Schade.«

Die Plattform war gerade so groß, dass Ingrid und die drei Lemminge genug Platz darauf hatten. Der Feldmaus war deutlich anzusehen, wie unwohl sie sich in dieser Höhe fühlte. Henni verspürte große Schadenfreude, als er ihren ängstlichen Blick bemerkte. Genau wie Hörg mochte er die Amazone nicht und konnte nicht verstehen, warum Hilmer ihr ständig auf den Hintern starrte. Das Wesen war einfach nur widerlich.

Auch auf der Plattform fanden sie nichts, was auch nur im Entferntesten nach einem Schloss aussah. Entsprechend frustriert gingen sie zurück in den Vorraum und setzten sich mit dem Rücken an die Wand.

»Und was machen wir jetzt?« Hörgs Stimmung hatte den absoluten Nullpunkt erreicht. Er hatte wenig Lust auf dem Weg nach unten, noch einmal alle Wände abzusuchen, und glaubte auch nicht daran, dass dies etwas bringen würde.

»Wie wäre es, wenn ihr doch springt?«

»Wenn du nicht deinen Mund hältst, werde ich dich doch noch knebeln«, zischte Henni ärgerlich. »Wir müssen etwas übersehen haben. Vielleicht hat Sören doch nicht die Todesplattform gemeint.«

»Es gibt keine andere Lösung«, widersprach Hörg. »Der Verrückte hat vom Schoß des Propheten gesprochen. Und da gibt es keinen anderen außer Wonibalt.«

»Hier ist aber nichts«, sagte Hilmer.

Leider mussten Henni und Hörg ihrem König in diesem Punkt zustimmen, auch wenn sich beide nicht vorstellen konnten, dass Sörens Hinweis sie in eine Sackgasse geführt hatte.

»Ich will mich ja nicht einmischen«, meldete sich Ingrid zu Wort. »Meint ihr nicht auch, dass der Pfad zum Schoß des Propheten sehr allgemein gehalten ist? Dieses Schloss könnte überall auf dem Weg von unten bis hier herauf versteckt sein. Euer Sören muss eine bestimmte Stelle gemeint haben.«

»Hast du auch eine Idee, welche?« Hörg sah die Feldmaus ärgerlich an. Ihr gegenüber wollte er auf keinen Fall zugeben, einen Fehler gemacht zu haben.

»Nein.«

»Dann halt den Mund.«

»Vielleicht hat die Kleine ja recht«, sagte Henni nachdenklich.

»Wie meinst du das?«

»Vielleicht übersehen wir in Sörens Hinweis etwas.«

»Und was soll das sein?«, wollte Hörg wissen. »Die Hütte war auch nicht sehr genau beschrieben und wir haben sie trotzdem gefunden.«

»Da gab es auch weit und breit nichts anderes«, sagte Henni. »Es kann nicht in Sörens Sinn gewesen sein, dass jemand den kompletten Aufstieg nach dem Schloss absucht.«

»Oder die Statue sollte nie gefunden werden«, sagte Hilmer.

»Das glaube ich nicht«, entgegnete Henni. »Dann hätte er sich nicht die Mühe machen müssen, überhaupt einen Hinweis zu hinterlassen.«

Die drei Lemminge schauten betreten zu Boden. Keiner sagte etwas, selbst Ingrid schien gemerkt zu haben, dass es für den Moment besser war zu schweigen. Hörg öffnete das Proviantpaket und verteilte den Inhalt. Während sie aßen, sprang Hilmer plötzlich auf.

»Ich glaube, ich habe die Lösung.«

»Jetzt bin ich aber gespannt«, sagte Henni und auch Hörg sah den König neugierig an.

»Unsere Vorfahren folgten zwar dem falschen Propheten in das gelobte Land. Es wurde aber nie als sein Schoß bezeichnet. Er ist nicht das gelobte Land, er ist nur dort.«

»So weit kann ich dir folgen«, sagte Hörg. »Was genau willst du uns damit aber sagen?«

»Wir haben auf unserem Weg hier hoch fast nichts gefunden.«

»Fast?«

»Ja, Hörg. Es gibt eine Sache, die auch dir aufgefallen sein müsste.«

»Ich wüsste nicht, was das sein soll. Außer dem Bild mit dem Vers habe ich nichts gesehen.«

»Eben.«

»Kannst du dich mal ein bisschen deutlicher ausdrücken?«

»Genau. Hör auf, um den heißen Brei herumzureden,

und sag, was du meinst«, stimmte Henni seinem Bruder zu.

»Wen meint ihr wohl, könnte das Bild an der Wand zeigen?«, setzte Hilmer sein Spiel fort.

»Vermutlich Wonibalt«, antwortete Henni.

»Das ist es!«, rief Hörg und sprang nun ebenfalls auf.

»Bei dir ist also der Groschen gefallen.«

»Ich verstehe immer noch nicht, was ihr meint.«

»Lemming, Henni«, sagte Hörg aufgeregt. »Wonibalts Schoß ist auf dem Bild.«

»Genau das«, bestätigte Hilmer und ging zur Wand. Vorsichtig fuhr er mit der Pfote über die Stelle.

»Fängst du jetzt schon an Bilder zu betatschen?«

»Es ist nicht so, wie es aussieht, Liebes.«

»Nun mach schon«, sagte Hörg ungeduldig. »Ist da irgendetwas?«

»Hier ist ein kleines Loch. Gib mir mal den Schlüssel.«

»Hast du das Schloss?«

»Das will ich ja gerade herausfinden.«

Hilmer nahm den Schlüssel, steckte ihn in die Öffnung und drehte ihn herum. Es folgte ein leises Klacken und ein Teil des Bildes klappte nach unten weg. Dabei kam eine Nische zum Vorschein, in der ein in Leinen eingeschlagenes Päckchen lag. Es war zu klein, als dass es die Statue der heiligen Rudolfa beinhalten konnte. Dennoch war sich Hörg sicher, dass sie auf der richtigen Spur waren.

»Euer König ist gar nicht mal so dumm«, sagte Ingrid, doch keiner der drei Lemminge hörte ihr zu. Sie hatten nur noch Augen für ihren Fund.

19

Unter den neugierigen Blicken seiner Freunde wickelte Hilmer die Tücher ab, um an den Inhalt des Päckchens zu gelangen. Dabei ging er sehr behutsam zu Werke und hielt seinen Fund fest wie ein rohes Ei.

»Geht das nicht ein bisschen schneller?«, fragte Hörg nach einer Weile ungeduldig. Er hatte mittlerweile den Verdacht, dass sein Freund die anderen bewusst auf die Folter spannte.

»Auch wenn du das vermutlich nicht einsehen wirst, manchmal ist es besser, behutsam vorzugehen. Ich möchte den Inhalt nicht beschädigen.«

»Was soll schon passieren? Beeil dich, es wird bald dunkel.«

Hilmer ließ sich von Hörg nicht beirren und machte vorsichtig weiter. Der Inhalt des Päckchens konnte nicht sehr groß sein, denn der Rest, den er in den Pfoten hielt, war schon recht flach. Endlich war die Verpackung komplett entfernt und der König warf sie einfach auf den Boden. Übrig blieb ein gefaltetes Pergament.

»Nun zeig endlich, was du da hast.«

»Ist ja schon gut, Hörg. Ich beeile mich ja schon.« Hilmer klappte Seite für Seite auf und hielt schließlich eine Landkarte in den Pfoten.

Henni und Hörg stellten sich hinter ihren König, um zu sehen, was auf dem Pergament abgebildet war. Es zeigte die Gegend um die Nordstadt der Lemminge. Am unteren Ende war die Roga zu sehen. Zwei Nebenarme rahmten das Zentrum der Karte auf beiden Seiten ein. Delta und die beiden Felsen lagen im unteren Drittel. Rechts oben in der Ecke war ein rotes Kreuz eingezeichnet.

»Das ist unser nächstes Ziel«, sagte Henni und deutete auf den markierten Punkt.

»Ich bewundere deinen Scharfsinn. Nur wie kommen wir dorthin?« Hilmer sah seinen Berater skeptisch an.

»Wir folgen den Wegen auf der Karte. So schwer kann das ja nicht sein. Weswegen sollte sie uns Sören sonst hinterlassen haben?«

»Der Historiker hat das gezeichnet, als die Nordlemminge noch nicht von den Amazonen belagert wurden«, entgegnete Hörg. »Wenn ich das richtig sehe, müssen wir mitten durch das Gebiet der Feldmäuse.«

»Das werdet ihr nicht überleben.«

»Wie meinst du das, Liebes?«

»Meine Kameradinnen werden euch aufschlitzen und den Schneeeeulen zum Fraß vorwerfen.«

»Darf ich dich daran erinnern, dass wir eine Vereinbarung mit deiner Heerführerin haben«, wies Hörg Ingrid zurecht.

»Die wird euch außerhalb des Hauptheeres wenig nutzen. Nicht alle Feldmäuse wissen von dem Waffenstillstand.«

»Dann wirst du sie eben aufklären müssen, meine Liebe.«

»Du weißt gar nichts, Hilmerkönig. Glaubst du wirklich, die werden erst diskutieren? Wenn die Amazonen uns sehen, gibt es zwei Möglichkeiten. Sie halten mich entweder für eine Gefangene oder für eine Verräterin. In beiden Fällen seid ihr tot, bevor wir die Kriegerinnen überhaupt zu Gesicht bekommen.«

»Seit wann bist du so besorgt um uns?«, fragte Henni.

»Das bin ich nicht. Im Grunde genommen ist mir euer Leben egal. Im Moment sitzen wir aber alle in einem Boot.«

»Und was sollen wir deiner Meinung nach tun?« Hörg sah Ingrid herausfordernd an.

Sie stand auf und warf einen Blick auf die Karte. »Wir werden die besetzten und bewohnten Gebiete umgehen. Das dauert etwas länger, ist aber sicherer. Zumindest für euch.«

»Also wirst du uns führen?«

»Natürlich«, beantwortete Ingrid Hörgs Frage. »Auch wenn du das immer noch nicht verstanden hast, habe ich ein genauso großes Interesse daran, die heilige Rudolfa zu finden wie ihr. Die Statue ist sehr wichtig für mein Volk. Oder hast du gedacht, wir führen diesen Krieg aus reinem Vergnügen?«

»Bei einigen deiner Artgenossinnen könnte man schon auf diese Idee kommen«, sagte Hörg. »Aber du hast recht. In dieser Sache sollten wir zusammenhalten.«

»Also, gehen wir«, entschied Hilmer, faltete die Karte und steckte sie weg. Zuletzt verschloss er noch das Geheimfach.

Dann machte sich die Gruppe an den Abstieg. Den Weg nach unten legten sie deutlich schneller zurück, weil sie nicht mehr den kompletten Gang untersuchen und lediglich aufpassen mussten, dass sie auf den schmalen Stufen nicht ausrutschten. Als alle wieder im Freien standen, übernahm Ingrid die Führung.

Sie gingen rechts um den Berg herum und sahen vor sich einen bewaldeten Hügel.

»Wo führst du uns denn hin, Liebes?«

»Wir müssen zum Fluss.«

»Und wie kommen wir auf die andere Seite?«, fragte Hörg in der Befürchtung, nasse Pfoten zu bekommen.

»Gar nicht. Wir rudern flussaufwärts, bis wir in die Nähe der markierten Stelle kommen.«

»Wir sollen in einem Boot fahren?«

»Ja, Hörg. Oder bist du schon einmal über ein Feld gerudert. Was soll die dumme Frage?«

»Schon gut. Ich wollte nur sichergehen.«

»Warum laufen wir nicht einfach am Ufer entlang?«, fragte Henni.

»Weil wir durch eine Schlucht müssen.«

»Und die können wir nicht umgehen?« Hörg konnte sich nicht wirklich für den Plan der Amazone erwärmen. Allein der Gedanke, dass das Boot kentern könnte, sorgte bei ihm für eine Gänsehaut.

»Nicht, wenn ihr nicht durch das Lager meiner Gefährtinnen rennen wollt.«

Die drei Lemminge sahen sich einen Moment lang betreten an. Die Aussicht, den Fluss nicht nur überqueren zu müssen, sondern ein längeres Stück darauf zu fahren, behagte keinem von ihnen.

»Stellt euch nicht so an«, sagte Ingrid und beschleunigte ihre Schritte. »Ich dachte immer, ein König hat vor nichts Angst. Wenn wir Glück haben, sind wir vor Sonnenuntergang am Ziel.«

»Ich hoffe, sie weiß was sie tut«, flüsterte Hörg seinem Bruder zu.

»Hilmer scheint ihr zu trauen. Du darfst nicht immer alles so negativ sehen. Auch wenn sie eine Feldmaus ist, haben wir die gleichen Ziele. Sie hat es ja selbst gesagt. Wir sitzen im wahrsten Sinne des Wortes im gleichen Boot.«

»Trotzdem. Die Sache mit dem Fluss gefällt mir nicht.«

»Was ist da hinten los?«, rief Hilmer seinen Freunden zu. »Wenn ihr weiter so trödelt, finden wir Rudolfa nie.«

Henni und Hörg schlossen zu Hilmer und Ingrid auf, die die Brüder mit ihrem typischen verächtlichen Blick ansah.

»Auch wenn es euch schwerfällt, solltet ihr jetzt leise sein. Hier kann überall ein Spähtrupp meiner Gefährtinnen unterwegs sein.«

»Denkst du etwa, wir haben Angst?«, fragte Hörg empört.

»Darum geht es nicht«, gab Ingrid ärgerlich zurück. »Ich dachte, wir wären uns einig darüber, dass wir nicht auffallen wollen.«

»Das sind wir ja auch«, sagte Henni. »Geh weiter.«

Einige Minuten später erreichten sie den Wald. Es ging jetzt leicht bergauf und sie kamen durch das Gestrüpp nun langsamer voran. Zumindest hatten sie nun den

Vorteil, dass man sie nicht so leicht entdecken konnte. Plötzlich blieb Ingrid stehen und gab den drei Lemmingen ein Zeichen, ruhig zu sein. »Da vorn ist jemand«, sagte sie leise, bevor einer von ihnen einen dummen Kommentar abgeben konnte.

Die Amazone ging langsam weiter und achtete dabei darauf, kein Geräusch durch knackende Äste oder Ähnliches zu verursachen. Henni, Hörg und Hilmer taten es ihr gleich. Sie kamen in die Nähe einer Lichtung und sahen zwei Feldmäuse vor einem Feuer sitzen. Die Vier schlichen sich so nahe an die Amazonen heran, dass sie ihr Gespräch belauschen konnten.

»So langsam habe ich genug vom Herumsitzen.«

»Das geht mir auch so. Trotzdem können wir nichts dagegen tun.«

»Wir könnten einen der Lemminge einfangen und ihn verhören.«

»Heidi hat den beiden Fremden einen Waffenstillstand zugesagt. Es ist gegen unsere Ehre, wenn wir unser Wort brechen.«

»Das sehe ich ja ein.«

»Aber?«

»Vielleicht hätte unsere Führerin diese Vereinbarung nicht treffen sollen. Die Lemminge machen sich am Ende noch über uns lustig. Es wäre besser gewesen, diese Stadt einfach zu überrennen.«

»Das haben wir bereits mehrfach erfolglos versucht.«

»Wenn wir einen von ihnen fangen, wird er uns schon sagen, was sie gegen uns im Schilde führen.«

»Wenn wir aber nichts erreichen und Heidi erfährt, dass wir uns nicht an ihr Versprechen gehalten haben, können wir den Rest unseres Lebens Sand schaufeln. Und das will keine von uns.«

»Trotzdem glaube ich nicht, dass die Kerle nicht wissen, wo sich unsere Rudolfa befindet. Sicher nutzen sie die Zeit und denken sich irgendeine List aus.«

»Das würde sie teuer zu stehen kommen. Ich denke, du siehst das zu schwarz. Den Lemmingen bringt dieser Krieg nichts Gutes. Ich bin sicher, dass sie ihn beenden würden, wenn sie es könnten.«

»Ich traue ihnen nicht.«

»Wir werden sehen. Jetzt habe ich aber erst einmal Hunger.«

Die Amazonen nahmen je eine Kartoffel vom Feuer und begannen zu essen. Leider sprachen die Kriegerinnen während ihres Mahles nicht weiter. Hörg hätte gerne noch mehr von den beiden erfahren. Er fand es interessant, wie unterschiedlich die Stimmung im Heer der Feldmäuse war. Andererseits war er sauer darüber, wie schlecht die Amazonen über sein Volk gesprochen hatten.

»Lasst uns weitergehen«, flüsterte Ingrid. Sie führte die Gruppe in großem Bogen an den Amazonen vorbei.

»Die beiden hätten uns wohl kaum gefährlich werden können«, sagte Hörg, als sie außer Hörweite waren. »Wir sind in der Überzahl und hätten sie leicht überwältigt.«

»Rede keinen Unsinn«, entgegnete Ingrid. »Sie hätten uns verraten, wenn ihnen die Flucht gelungen wäre.«

»Das hätten wir schon verhindert.«

»Glaubst du Idiot wirklich, ich hätte tatenlos zugesehen, wie ihr meine Kameradinnen niedermetzelt?«

»Was hättest du dagegen machen wollen?«

»Gibt mir ein Schwert und ich zeige es dir.«

»Schluss jetzt!«, fuhr Hilmer dazwischen und sah Hörg genervt an. »Hör endlich auf, dich mit der Kleinen zu streiten. So kommen wir nicht weiter.« Dann wandte sich der König an Ingrid. »Vertraue mir, Liebes. Wir werden uns genauso an den Waffenstillstand halten wie ihr.«

»Das beruhigt mich ungemein«, antwortete die Amazone spöttisch.

Hörg sagte nichts und setzte eine beleidigte Miene auf. Sein König schien so geblendet von Ingrid zu sein, dass er völlig überhört hatte, dass zumindest eine der Amazonen bereit war, das Abkommen zu brechen, wenn sie eine Gelegenheit dazu bekäme.

Schweigend erreichte die Gruppe die höchste Stelle des Hügels. Geradeaus konnten sie über die Bäume hinweg den Fluss sehen. Um ihn zu erreichen, mussten sie aber zunächst den Hang abwärts gehen und hatten dann noch ein Stück freies Feld vor sich.

Kurz bevor sie den Wald verließen, sahen sie auf dem Feld eine Gruppe von Amazonen. Wieder war es Ingrid, die ihre Artgenossinnen als Erste entdeckte und den anderen befahl, in Deckung zu gehen. Hörg musste zugeben, dass die Sinne der Feldmaus deutlich schärfer waren als die der Lemminge, auch wenn er das natürlich nie laut sagen würde.

Die Kriegerinnen marschierten in Zweierreihen hinter ihrer Offizierin am Waldrand entlang. »Ein Lied«, befahl die Anführerin plötzlich und die Feldmäuse begannen zu trällern.

> Dort in den weiten Auen
> da steht zum Kampf bereit.
> Ein Heer von starken Frauen
> ist siegreich alle Zeit.
> Im Winter wie im Sommer
> werden sie in Schlachten zieh'n.
> Am Morgen und im Abendschein,
> wenn rot die Adern sprühn.
> Heidi, Heidi,
> deine Welt sind die Kriege.

Heidi, Heidi,
denn hier tobst du dich richtig aus.
Scharfe Klingen,
blanke Schwerter im Sonnenschein
Heidi, Heidi,
brauchst du zum glücklich sein.
Holalahidi
Heidi, Heidi,
schwing das Schwert,
schlag den Feind,
wir sind im Geiste vereint.

»Was ist das denn für ein dämliches Lied?«, fragte Henni leise.

Ingrid errötete leicht, antwortete aber nicht. Offensichtlich war es ihr peinlich, dass die drei Lemminge den Gesang mitgehört hatten.

»Es gibt in unserem Volk Lieder, die sind noch schlimmer«, sagte Hilmer.

»Das mag sein«, gab Henni zu. »Aber dämlich war das jetzt trotzdem.«

»Lass gut sein«, sagte Hörg zu seinem Bruder. »Unser König scheint im Moment mehr Verständnis für unsere Feinde zu haben als für seine eigenen Berater.«

»Ich finde es nur nicht in Ordnung, dass ihr euch ständig über die Amazonen lustig macht«, entgegnete Hilmer. »Ihr denkt wieder einmal viel zu kurzsichtig.«

»Dann lass uns an deinen Zukunftsvisionen teilhaben.«

»Gerne, Hörg. Wenn die Sache hier vorbei ist, wird es zwischen unseren Völkern Frieden geben. Den müssen wir nutzen, um das Verhältnis zwischen Lemmingen und Feldmäusen zu sichern und zu verbessern.«

»Ja, wenn.« Hörg war von den Ausführungen seines Königs alles andere als überzeugt. »Sollten wir aber scheitern, stehen sich die beiden Armeen in wenigen Tagen wieder auf dem Schlachtfeld gegenüber. Das solltest du nicht vergessen.«

Sie warteten ab, bis die Feldmäuse außer Sicht waren, und legten den restlichen Weg zum Fluss ohne weitere Zwischenfälle zurück.

»Und woher nehmen wir jetzt ein Boot?«, fragte Henni, als sie das Ufer erreichten.

»Wir gehen einfach ein Stück die Thorne entlang, dann werden wir schon eines finden.«

Auch wenn es den drei Lemmingen nicht besonders gefiel, dass Ingrid das Kommando übernommen hatte, blieb ihnen nichts anderes übrig, als der Feldmaus zu folgen, die sich in der Gegend einfach besser auskannte.

Nach etwa einer halben Stunde – Hörg hatte bereits die leise Hoffnung gehegt, dass ihnen die Fahrt auf der Thorne erspart bliebe – sahen sie schließlich ein Boot, das am Ufer festgebunden und groß genug für sie alle war.

20

»Es gibt nur zwei Plätze zum Rudern«, stellte Henni mürrisch fest und konnte sich bereits denken, wem diese Aufgabe zufallen würde.

»Das ist doch absolut ausreichend«, bestätigte Hilmer die Vermutung seines Freundes. »Hauptsache wir können alle sitzen.«

»Und wie stellst du dir das vor?«, fragte Hörg, der genau wie sein Bruder die Antwort schon wusste.

»Ihr werdet doch sicher einsehen, dass wir diese schwere Arbeit einem Weibchen nicht zumuten können. Als euer König komme ich ebenfalls nicht infrage. Bleiben noch zwei.«

»Das war ja wieder klar«, murrte Hörg und stieg vorn

im Boot ein.

Henni nahm hinten Platz und Hilmer und Ingrid setzten sich in der Mitte gegenüber. Mit den Rudern stießen die Brüder das Boot so weit vom Ufer weg, dass es frei auf dem Fluss schwamm.

»Dann haut mal in die Riemen, Jungs«, feuerte Ingrid die Brüder an und lehnte sich entspannt zurück. »Da wir flussaufwärts wollen, werdet ihr euch ein bisschen anstrengen müssen, damit wir nicht in die falsche Richtung getrieben werden.«

Hörg verzichtete auf einen Kommentar und tauchte die Ruderblätter ins Wasser. Es war schon schlimm genug, auf dem Fluss fahren zu müssen. Dass sie aber nun auch eine Feldmaus hofieren mussten, setzte dem Ganzen die Krone auf. Auch ärgerte er sich sehr über Hilmer, der seine königlichen Berater immer mehr zu Leibeigenen degradierte.

»Was ist eigentlich, wenn jetzt eine Gruppe deiner Amazonen am Ufer auftaucht und uns mit Pfeilen beschießt?«, fragte Hörg. Auf dem Fluss würden sie wehrlos sein und keine Chance zur Flucht haben, sollten die Feldmäuse oder noch schlimmer eine Schneeeule auftauchen.

»Das Risiko müssen wir eingehen«, sagte Ingrid. »Wenn ihr euch beeilt, sind wird nicht sehr lange mit dem Boot unterwegs. Falls wir trotzdem auf Kriegerinnen treffen, habt ihr ja immer noch mich.«

»Das beruhigt mich ungemein«, gab Hörg zurück, der hoffte, dass die Amazone recht behielt und die Fahrt tatsächlich schnell vorüber sein würde. Mittlerweile hatten sie die Mitte der Thorne erreicht und fuhren langsam flussaufwärts.

»Ist es nicht schön, an einem warmen Sommernachmittag einen Ausflug mit Freunden zu machen?«, seufzte Hilmer genießerisch.

»Ich könnte mir durchaus eine angenehmere

Beschäftigung vorstellen«, antwortete Hörg säuerlich. Genau wie seinem Bruder strömte im bereits jetzt der Schweiß aus allen Poren. Zum wiederholten Mal nahm er sich vor, sich bei passender Gelegenheit an Hilmer zu rächen. Irgendwann musste dieser doch lernen, dass er ohne die beiden Brüder aufgeschmissen war und es sich nicht völlig mit ihnen verscherzen durfte.

»Siehst du, Liebes. Auch als König hat man es nicht leicht und muss sich ständig mit übellaunigen Untergebenen herumschlagen.«

»Noch so ein Spruch und du bekommst eine Abkühlung«, erwiderte Henni.

»Deine Untertanen scheinen aber sehr aufmüpfig zu sein«, stichelte Ingrid. »Lässt sich ein großer König so etwas gefallen?«

»Dich werfen wir hinterher«, drohte Hörg.

»Henni und Hörg sind meine Freunde. Du musst die beiden verstehen. Normalerweise haben sie einen Helfer, der ihnen die schwere Arbeit abnimmt. Natürlich schadet es ihnen nicht, wenn sie sich selbst auch einmal körperlich betätigen.«

Die Brüder wussten, dass es besser war, jetzt den Mund zu halten. Hilmer würde sich sonst nur in Form reden und sich weiter über die beiden lustig machen. Im Moment war er leider in der deutlich besseren Position. Das Rudern fiel ihnen zunehmend schwerer und Hörg hatte das Gefühl, dass sie kaum vorwärtskamen. Zum Glück war die Strömung nicht so stark, dass sie flussabwärts getrieben wurden, wenn sie eine kleine Atempause einlegten.

»Was ist das eigentlich für ein Ding?«, fragte Hilmer plötzlich und zog einen Stopfen aus dem Holzboden. Sofort schoss eine Wasserfontäne aus dem Loch und traf ihn mitten im Gesicht.

»Bis du wahnsinnig?!«, schrie Henni seinen König an. »Steck das Ding sofort wieder rein!«

»Nur keine Panik«, sagte Hilmer. Er nahm den Stopfen und drückte ihn gegen die Wassersäule nach unten, um das Loch zu verschließen. Dann presste er ihn noch einmal, so fest er konnte, in den Boden. »Seht ihr? War doch alles nicht so schlimm.«

Die Freude währte allerdings nur kurz. Mit einem lauten Plopp schoss der Stopfen wieder nach oben, flog über die Bootswand und fiel in den Fluss.

»Ups«, sagte Hilmer und schaute auf das Wasser, das wieder aus der Öffnung strömte und sich im Boot verteilte.

»Gibt es überhaupt etwas, das du richtig machen kannst?«, fragte Ingrid spöttisch und begann damit, die Brühe mit den Pfoten zurück in die Thorne zu schaufeln.

Henni, Hörg und Hilmer folgten dem Beispiel der Amazone und so erreichten sie zumindest, dass das Wasser im Boot langsamer stieg. Weniger wurde es allerdings nicht.

»Macht schneller!«, schrie Hörg voller Panik und schaufelte mit den Pfoten, was das Zeug hielt.

Das Unheil ließ sich aber nicht mehr aufhalten. Die Bordwand kam der Oberfläche des Flusses immer näher und schließlich schwappte das Wasser darüber hinweg. Dann ging alles ganz schnell. Hörg merkte, wie das Boot unter ihm verschwand, und befand sich mitten in der Thorne, bevor er überhaupt reagieren konnte. Jetzt musste er schwimmen. Doch das hatte der Lemming nie zuvor gelernt. Hörg zappelte völlig orientierungslos wie ein Wilder im Wasser herum und konnte nicht verhindern, dass er etwas von der Brühe in den Mund bekam. *So sieht also das Ende aus*, dachte er, beobachtete dann aber, wie sich seine Freunde vorwärtsbewegten. Was die konnten, konnte er schon lange.

»Kommt hier rüber!«, rief Hilmer und kraulte mit hektischen Zügen auf das rettende Ufer zu. »Wir haben es fast geschafft.«

Hörg versuchte nicht daran zu denken, was sich außer ihnen noch alles in der Thorne befinden konnte, und konzentrierte sich darauf, den Kopf über Wasser zu halten. Neben sich konnte er Henni entdecken, der sich genauso unbeholfen bewegte wie er selbst. Ingrid hatte Hilmer überholt und das Ufer bereits erreicht. Sie kletterte ein Stück die Böschung hinauf und half dann den Lemmingen nacheinander aus dem Fluss.

»Warum kannst du nicht einmal deine Pfoten bei dir lassen?«, schimpfte Henni und schüttelte sich so heftig, dass die Wassertropfen aus seinem Fell in Hörgs Gesicht landeten.

»Es war schon schlimm genug, über den Fluss zu fahren. Aber das hat unserem Herrn König ja noch nicht gereicht. Er muss wie immer überall dran rumspielen.«

»Es tut mir leid«, entschuldigte sich Hilmer und sah betreten zu Boden. »Wie hätte ich wissen können, dass wir gleich mit diesem komischen Kahn absaufen würden?«

»Noch einmal fahre ich nicht mit einem Boot«, sagte Henni entschieden. »Dann umgehe ich lieber diese Schlucht und schleiche mich in der Nacht durch das Lager der Amazonen.«

»Es wird dir wohl nichts anderes übrig bleiben«, widersprach Ingrid und grinste den königlichen Berater an. »Wir sind auf der falschen Seite des Flusses.«

»Wir sind was?«, rief Hörg fassungslos.

»Euer Genie - da - ist einfach drauf losgeschwommen und hat dabei nicht geschaut, in welche Richtung er sich bewegt.«

»Warum hast du denn nichts gesagt?«, fragte Henni entsetzt.

»Ihr hättet in eurer Panik sowieso nicht auf mich gehört. Außerdem ist auf dieser Seite des Flusses der Weg um die Schlucht herum kürzer und ungefährlicher.«

»Weißt du denn, wo wir hier sind, Liebes?«

»Ungefähr. Gib mir mal die Karte.«

Hilmer reichte der Amazone das vor Nässe triefende Pergament. Die sah ihn skeptisch an und klappte es vorsichtig auf. Die aufeinandergelegten Stellen klebten zusammen und Ingrid musste sehr vorsichtig zu Werke gehen, um es nicht zu zerreißen. »Das Ding können wir vergessen«, sagte sie schließlich.

»Das kann doch nicht sein«, sagte Hörg und nahm der Amazone die Karte aus der Hand. Schnell musste er erkennen, dass sie damit wirklich nichts mehr anfangen konnten. Die Farbe war auf dem Pergament zerlaufen, alles war völlig verschmiert. »Super, Hilmer. Dank deiner Neugierde haben wir unseren einzigen Hinweis verloren. Das hast du wirklich hervorragend hinbekommen. Als König wirst du aber sicher in der Lage sein, Konan zu erklären, warum wir den Krieg mit den Amazonen nicht beenden können. Vielleicht findest du auch ein paar tröstende Worte, wenn die Feldmäuse Delta dem Erdboden gleichgemacht haben.«

»Ich weiß, wohin wir müssen«, entgegnete Ingrid. »Wir brauchen die Karte nicht.«

»Du kennst die Stelle?«, fragte Henni hoffnungsvoll.

»Zumindest so ungefähr.«

»Was heißt das?«

»Ich weiß die Richtung. Also grob. Ich meine, ich kenne die Gegend, in der das Versteck liegt.«

»Dann warst du schon einmal dort?«

»Ja, Henni. Das ist aber schon lange her. Ich war praktisch noch ein Welpe. Leider kann ich mich an diese Zeit kaum noch erinnern.«

»Das sind ja schöne Aussichten«, schimpfte Hörg. Er konnte es nicht fassen, dass sein König ihre einzige Spur im wahrsten Sinne des Wortes verwischt hatte.

»Wir gehen jetzt flussaufwärts«, entschied Ingrid. »Wenn wir hier nur herumstehen, kommen wir auch nicht weiter.«

21

Obwohl es schwülwarm war, froren die Lemminge dank ihres nassen Fells entsetzlich. Vor Ingrid, deren Haare nicht so dicht standen und dadurch wesentlich schneller trockneten, wollten sie das aber nicht zugeben.

Schweigend folgten sie der Feldmaus flussaufwärts und Hörg malte sich dabei die unterschiedlichsten Möglichkeiten aus, wie er seinen König für dessen Dummheit bestrafen konnte. Seine Laune war am absoluten Nullpunkt angekommen und er sehnte sich nach einem weichen Lager, das er zu gerne mit einem liebestollen Weibchen teilen würde. Er schwor sich, dass er nicht mehr so schnell auf Reisen gehen würde, sollten sie jemals nach Omega zurückkehren. Ganz egal, welche verrückten Ideen Henni oder Hilmer auch vortragen würden.

Nach etwa einer Stunde gelangten sie an die ersten Ausläufer der Schlucht. Während Ingrid die Strapazen scheinbar nichts ausmachten, keuchten die drei Lemminge bei jedem Schritt.

»Wir müssen nun das Flussufer verlassen und um den Berg herumlaufen.«

»Erreichen wir denn unser Ziel heute überhaupt noch? Es wird bereits dunkel.«

»Du weißt gar nichts, Hilmerkönig. Wir haben erst Nachmittag. Es zieht lediglich ein Gewitter auf.«

»Na, jetzt bin ich aber beruhigt«, schimpfte Henni. »Ich bin gerade erst halbwegs trocken geworden und möchte nicht schon wieder nass werden.«

»Hast du etwa Angst vor ein bisschen Regen?«

»Nein, Ingrid. Ein Lemming ist aber nun einmal nicht für das Wasser gemacht.«

»Das war mir neu. Ich habe immer gedacht, ihr springt da freiwillig rein.«

»Nein, Liebes. Wie ich bereits erwähnte, gehören die Todessprünge unserer Artgenossen der Vergangenheit an. Das Leben der Lemminge hat sich grundlegend geändert unter meiner Herrschaft.«

»Wie auch immer. Wenn das Gewitter wirklich zu stark wird, gehen wir eben zu Elli.«

»Wer ist das nun wieder?« Hörg sah die Amazone skeptisch an. Ihre Stimme hatte bei diesem Vorschlag einen eigenartigen Unterton, den er so bisher noch nicht an ihr gehört hatte. Das konnte ganz sicher nichts Gutes bedeuten.

»Sie führt oberhalb des Berges eine Herberge. Gäste hat sie allerdings selten. Sie ist ein wenig verrückt und kann einen mit ihrer Art manchmal in den Wahnsinn treiben. Ihr werdet sie also mögen.«

»Vielleicht regnet es ja auch gar nicht und wir machen uns umsonst Gedanken.«

Hörg konnte nur hoffen, dass sein Bruder damit recht behielt. Er hatte wenig Lust, eine weitere Feldmaus kennenzulernen. Ingrid reichte ihm völlig.

Leider meinte es das Schicksal aber wieder einmal nicht gut mit den Lemmingen und ihrer Führerin. Bereits wenige Minuten später fielen die ersten Tropfen, bevor es zu schütten begann. Kurze Zeit später waren sie erneut völlig durchnässt.

Hörg warf Hilmer einen vernichtenden Blick zu, der entschuldigend mit den Achseln zuckte.

»Dafür kann ich jetzt wirklich nichts. Im Boot wären wir

jetzt genauso nass geworden.«

»Nein«, entgegnete Hörg. »Wir wären bereits am Ziel.«

»Wie weit ist es denn noch zu dieser Elli?«, fragte Henni.

»Wenn ihr weiter so langsam lauft, wird es mindestens eine halbe Stunde dauern?«, antwortete Ingrid.

»Bis dahin bin ich völlig durchgefroren«, maulte Hörg. »Wollen wir uns nicht lieber einen anderen Unterschlupf suchen?«

»Was bist du nur für ein Weichei?«, lachte die Amazone. »Sei doch froh über die Abkühlung. Es war ohnehin zu heiß heute.«

Hörg hätte der Feldmaus am liebsten einen Ast über den Schädel gezogen, sagte aber nichts. Er musste sich eingestehen, dass die Amazone sehr viel zäher war als er oder seine Freunde. Es gefiel ihm nicht, dass Ingrid in der Gruppe immer mehr die Oberhand gewann. Schließlich war sie ihre Gefangene und hatte zu tun, was man ihr sagte und nicht umgekehrt.

Der Regen wurde nicht schwächer. Der Boden unter ihnen weichte immer mehr auf und sie kamen noch langsamer voran als vorher. Hörg begann bereits daran zu zweifeln, ob die Herberge überhaupt existierte, da tauchte sie plötzlich vor ihnen auf.

»Was machen wir, wenn diese Elli nicht zu Hause ist?«

Bevor Ingrid eine Antwort auf Hennis Frage geben konnte, öffnete sich die Tür der Herberge und eine Feldmaus trat ins Freie. Sie hatte etwa die doppelte Körperfülle von Ingrid und sah der Amazone auch ansonsten in keinster Weise ähnlich.

»Da seid ihr ja endlich«, begrüßte Elli die Gruppe. »Ich warte schon eine Ewigkeit mit dem Essen. Konntet ihr euch nicht ein bisschen beeilen? Wenn ihr Pech habt, ist die Suppe kalt geworden.«

»Spinnt die?«, fragte Henni leise. »Die kann doch unmöglich gewusst haben, dass wir auf dem Weg hierher sind.«

»Ich habe euch doch gesagt, dass sie ein wenig verrückt ist. Elli freut sich eben, wenn sie Besuch bekommt. So oft kommt das, wie gesagt, nicht vor. Verhaltet euch ganz normal. Oder einfach so, wie ihr es für normal haltet.«

»Jetzt kommt erst einmal herein. Ihr seid ja völlig durchnässt. Außerdem seht ihr so aus, als hättet ihr ewig nichts gegessen – nur der da nicht.«

Elli zeigte mit der Pfote auf Henni, und Hörg musste sich ein Lachen verkneifen. So verrückt Elli auch sein mochte. Die Wirtin war ihm jetzt schon wesentlich sympathischer als Ingrid.

»Ich bin nicht dick«, sagte Henni, als sie der Feldmaus in die Herberge folgten.

»Nein«, gab Hörg grinsend zurück. »Du bist nur zu klein für dein Gewicht.«

»War ja klar, dass du das jetzt wieder lustig findest.«

»Aber nicht doch, Henni. Ich würde niemals über dich lachen. Aber du musst zugeben, dass es ewig her ist, dass man dich das letzte Mal auf einem Trimm-dich-Pfad gesehen hat.«

»Schon klar.«

Während seinem Bruder deutlich anzusehen war, wie wenig Lust er hatte, weiter über dieses Thema zu diskutieren, hoffte Hörg, dass Elli noch ein paar Sprüche in dieser Richtung auf Lager hatte. Das war genau das, was er jetzt brauchte, um seine eigene Laune zu verbessern. Unter diesen Bedingungen war es ihm sogar egal, dass sie von einer Feldmaus bewirtet wurden.

Der Gastraum war nicht sehr geräumig. Es stand nur ein großer Tisch darin, an dem aber alle Gäste ausreichend Platz fanden. Bevor sie sich setzen durften, bekamen Ingrid und die drei Lemminge jeder ein Handtuch, mit dem sie sich wenigstens ein bisschen trocknen konnten.

Elli verschwand in die Küche und kehrte kurze Zeit später mit zwei dampfenden Tellern zurück. »Das nächste Mal müsst ihr aber wirklich pünktlich kommen. Das Essen ist bestimmt nur noch lauwarm.«

»Es riecht köstlich«, sagte Ingrid. »Und kalt ist es sicher auch nicht.«

Die Wirtin hörte schon längst nicht mehr zu und war bereits wieder in die Küche geeilt.

»Sie scheint das Essen tatsächlich vorbereitet zu haben«, sagte Hilmer verwundert und schaute seine Mahlzeit an. »Was macht sie denn mit dem ganzen Zeug, wenn wirklich fast nie Gäste kommen?«

»Vermutlich hält sie die Suppe seit mehreren Tagen heiß«, antwortete Ingrid. »Wie gesagt ist sie nicht ganz normal.«

»Ich finde Elli sehr nett«, sagte Hörg. »Ein wenig merkwürdig mag sie sein, aber wenn sie die meiste Zeit allein hier lebt, ist das ja auch kein Wunder.«

»Wo hast du nur auf einmal deine gute Laune her?«, fragte Henni bissig.

»Ich freue mich eben über die warme Mahlzeit.« Hörg schaute seinen Bruder fröhlich an. »Ich hätte nicht gedacht, dass wir im Reich der Feldmäuse auf ein derart freundliches Wesen treffen.«

»Für dich habe ich einen größeren Teller herausgesucht«, sagte Elli, als sie zurückkehrte, und auch Henni sein Essen hinstellte. »Schließlich haben wir beide ja mehr Platz und können eine größere Portion vertragen.«

Hörg konnte sich das Lachen nun nicht mehr verkneifen und verschluckte sich beinahe an der heißen Suppe.

»Ich hoffe, dass es euch schmeckt. Es steht noch ein

ganzer Topf voll in der Küche. Esst euch also satt, damit ihr wieder zu Kräften kommt.«

»Es geht uns schon viel besser«, sagte Hörg und strahlte die Wirtin an.

»Wenn ihr fertig seid, müsst ihr Jungs euch aber erst einmal das Fell kürzen. Ihr seht furchtbar aus. Total struppig. Wie kann man sich nur so gehen lassen. Nehmt euch ein Beispiel an eurer Freundin.«

»Das hat Zeit«, antwortete Hörg entsetzt. Die Vorstellung, von Elli mit einer Schere bearbeitet zu werden, trieb ihm den Angstschweiß aus allen Poren. So weit ging die Freundschaft dann doch nicht.

Elli schaute die drei Lemminge prüfend an. »Ihr seht ohnehin ein wenig merkwürdig aus. Kann es sein, dass ihr keine reinrassigen Feldmäuse seid?«

»Wie hast du das nur erraten?«, sagte Hörg, der die Chance nutzen wollte, sein Fell zu retten.

»Das ist nicht schwer zu erkennen. Dennoch solltet ihr mehr auf eure Körperpflege achten.«

»Das werden wir tun«, versprach Hörg, erleichtert darüber, dass dieses Thema zunächst beendet war.

»Wer will noch einen Nachschlag?« Elli strahlte über das ganze Gesicht, als vier Pfoten gleichzeitig in die Höhe schossen. Egal, wie lange Elli diese Suppe schon auf dem Herd hatte. Sie schmeckte den Gästen ausgezeichnet.

Nachdem die Wirtin den Tisch abgeräumt hatte, brachte sie ihren Gästen noch je einen Krug frisch gezapftes Bier. »Eure Zimmer sind bereit. Ihr müsst müde von eurer langen Reise sein.«

»Das ist sehr freundlich«, entgegnete Hilmer. »Wir müssen allerdings noch weiter und werden nicht über Nacht bleiben.«

»Das kommt überhaupt nicht infrage«, widersprach Elli und stemmte die Pfoten in ihre üppigen Hüften. »Es regnet immer noch und es wird bald dunkel. Ihr schlaft euch erst einmal aus und morgen sehen wir weiter.«

»Wir sollten Ellis Angebot annehmen«, schlug Ingrid vor. »Nachts ist es gefährlich da draußen und wir können im Dunkeln ohnehin nicht viel erkennen.«

»Das sehe ich auch so«, sagte Hörg. »Wohin auch immer uns Sören mit seinem Hinweis führen will, die Stelle wird nicht so leicht zu finden sein. Zumindest nicht ohne Karte.«

Hilmer überhörte den vorwurfsvollen Unterton in der Stimme seines Freundes und nickte nur.

»Ihr wollt wirklich hier bleiben?«, fragte Henni, dem der Gedanke, die Nacht unter einem Dach mit Ingrid und Elli verbringen zu müssen, offensichtlich nicht wirklich behagte.

»Stell dich nicht so an«, wies Hörg seinen Bruder zurecht. »Ein warmes Bett ist allemal besser, als im Freien zu schlafen. Sicher bekommen wir hier auch ein Frühstück.«

»Natürlich bekommt ihr das«, sagte Elli und nickte eifrig.

»Wenn ich ehrlich bin, muss ich zugeben, dass ich müde bin«, sagte Henni. »Die letzte Nacht war echt lang.«

»Was soll ich denn sagen? Ich habe einen Teil davon allein in einem kalten Brunnen verbracht.«

»Das wissen wir«, sagten Henni und Hilmer gleichzeitig und verdrehten die Augen.

Ingrid sah die drei Lemminge fragend an, wurde aber nicht darüber aufgeklärt, was in der vergangenen Nacht geschehen war.

»Ihr werdet sehen, dass ihr euch morgen wie neugeboren fühlt«, sagte Elli freudig. »Ich zeige euch jetzt die Zimmer.«

Die Wirtin führte ihre Gäste in das obere Stockwerk, in dem es zwei Räume mit je zwei Schlafplätzen gab. »Eines von den Männchen wird mit der Kleinen in einem Zimmer übernachten müssen«, sagte sie entschuldigend.

»Das werde ich tun«, sagte Hilmer sofort.

Hörg war froh, dass ihm diese Rolle nicht zufiel, konnte aber nicht verstehen, was sein Freund an der Feldmaus fand. Sein Verhalten ihr gegenüber war schon den ganzen Tag sehr nervig gewesen. Da konnte Hilmer so viel über Völkerverständigung quatschen, wie er wollte. So viel Verständnis, wie der König der Amazone entgegenbrachte, war nicht normal. Besonders nicht, wenn es sich um ein derartig hässliches Wesen wie Ingrid handelte.

„Dass ihr mir ja keine Dummheiten macht", sagte Elli mit einem süffisanten Grinsen, das ein Rumoren in Hörgs Bauch verursachte.

»Mach dir um mich keine Sorgen. Wenn sich der Kerl nicht benimmt, hacke ich ihm die Pfoten ab.«

»Aber, Liebes. Was denkst du denn von mir? Ich würde dir niemals zu nahe kommen.«

»Dann ist es ja gut.«

Kopfschüttelnd sah Hörg Hilmer und Ingrid nach, wie sie im Raum verschwanden. Dann folgte er Henni in ihr Zimmer.

»Ich wünsche eine angenehme Nachtruhe«, sagte Elli und ging die Treppe hinab nach unten.

»Was ist nur mit unserem König los?«, fragte Hörg, nachdem sein Bruder die Tür geschlossen hatte. »Man könnte ja fast meinen, dass er scharf auf dieses hässliche Wesen ist.«

»Ich verstehe ihn auch nicht und bin froh, dass er uns nicht nach Kaubonbons gefragt hat.«

»Hör bloß auf.« Hörg durfte gar nicht daran denken, dass zwischen den beiden im Nachbarzimmer wirklich etwas ablaufen könnte. Das war widerlich und ekelerregend. So verrückt war selbst Hilmer nicht.

»Lass uns schlafen«, sagte Henni schließlich.

»Morgen wird auch sicher wieder ein langer Tag.«

22

Am nächsten Morgen wurden sie durch ein schrilles Läuten aus dem Schlaf gerissen. Hörg öffnete die Augen und sah sich einen Moment lang verwirrt um. Was sollte dieser entsetzliche Lärm?

»Aufwachen, ihr Schlafmützen!«, rief Elli von unten. »Das Frühstück ist fertig!«

Henni stand auf und warf einen Blick durch das Fenster. »Was will die so früh?«, fragte er ärgerlich. »Es ist noch nicht einmal richtig hell.«

»Regnet es noch?«

»Nein.«

»Na, wenigstens etwas.«

»Sieh es positiv, Hörg. Wir müssen ohnehin früh weiter. Jetzt bekommen wir wenigstens noch etwas zu essen.«

»Dass du immer nur daran denken kannst.«

»Als ob du keinen Hunger hättest.«

Beide mussten lachen und waren nun endgültig wach.

»Hoffentlich hat unsere Wirtin Hilmer und sein Liebchen jetzt nicht bei irgendetwas gestört.«

»Fang bloß nicht wieder damit an«, sagte Hörg. »Vor dem Frühstück möchte ich mir solche Szenen nicht ausmalen.«

»Das möchte ich auch danach nicht.«

Wieder läutete die Glocke und Hörg wurde das Gefühl nicht los, dass Elli direkt am Fuße der Treppe stand. »Lass uns nach unten gehen, bevor sie uns noch holen kommt«, sagte er und öffnete die Tür.

»Sollen wir Hilmer und Ingrid wecken?«

»Nein. Die werden bei dem Krach sicher nicht mehr schlafen können und bestimmt gleich nach unten kommen.« Beim Gedanken, dass er die beiden gemeinsam auf dem Lager finden würde, wenn er das Zimmer betrat, wurde Hörg schlecht. Diesem Anblick wollte er sich auf keinen Fall aussetzen. So unwahrscheinlich es auch war, dass sich ein Lemming und eine Feldmaus tatsächlich miteinander vergnügten. Sicher war sicher.

Als Hörg mit seinem Bruder in den Wirtsraum kam, saßen Hilmer und Ingrid zu seiner Überraschung bereits am Tisch und machten sich über Rührei und Speck her. Die Sorgen der königlichen Berater schienen also völlig unbegründet zu sein.

»Lasst uns noch etwas übrig«, sagte Henni lachend und setzte sich neben Ingrid.

Hörg nahm den Stuhl direkt neben seinem König. Der schien wie immer bester Laune zu sein. Die Feldmaus dagegen schaute noch nicht einmal auf.

»Wer zu spät kommt, muss nehmen, was übrig bleibt«, antwortete Hilmer kauend.

»Es ist sicher genug für alle da«, sagte Henni und deutete auf die randvollen Pfannen, die auf dem Tisch verteilt waren.

»Das muss man Elli lassen«, stimmte Hilmer seinem Freund zu. »Sie ist eine tolle Gastgeberin.«

»Gibt es irgendetwas, was du uns erzählen willst?«, fragte Hörg beiläufig.

»Spinn nicht rum«, sagte Hilmer. »Ich weiß genau, worauf du anspielst, und ich bin entsetzt, dass du mir so etwas zutraust.«

»Was will er denn schon wieder?«, brummte Ingrid mürrisch. Der Morgen schien nicht die beste Tageszeit für die Amazone zu sein.

»Meine Berater haben eine blühende Phantasie. Manchmal geht sie mit ihnen durch.«

»Ich habe noch keinen Lemming getroffen, bei dem das nicht so ist.«

Bevor Hörg sich verteidigen konnte, kam Elli in den

Raum. »Da seid ihr ja endlich«, sagte sie, stellte den Brüdern je einen Teller vor die Nase und schaufelte sie bis zum Rand voll. »Ihr habt heute viel vor euch und solltet nicht mit leerem Magen arbeiten.«

»Wie meinst du das?«, fragte Henni verwirrt.

»Was soll denn die dumme Frage? Glaubt ihr, ich lasse euch gleich wieder weg, wo ihr endlich mal wieder zu Hause seid. Es gibt viel zu tun. Die Scheune muss entrümpelt werden, einige Dachziegel sind lose und die Fassade müsste auch einmal wieder gestrichen werden.«

»Wie kommst du darauf, dass wir das erledigen?«, fragte Hilmer sichtlich verblüfft.

»Ja, wer denn sonst? Wir wohnen doch alle zusammen hier. Jeder muss seine Aufgabe erfüllen.«

Die drei Lemminge schauten zu Ingrid, die leicht den Kopf schüttelte. »Es tut mir leid, Elli, wir werden gleich nach dem Essen aufbrechen müssen. Wir sind in einer wichtigen Mission unterwegs.«

»Das dürft ihr nicht. Wollt ihr mich etwa schon wieder allein lassen?«

»Du scheinst uns zu verwechseln«, sagte Hörg. »Wir haben uns gestern zum ersten Mal gesehen.«

»Das ist nicht wahr!«, schrie die Wirtin, drehte sich um und stürmte in die Küche.

»Was ist denn mit ihr?«, fragte Hilmer.

»Ich habe euch gestern schon gesagt, dass Elli ein bisschen verrückt ist. Sie lebt einfach schon zu lange allein. Vermutlich hat sie gehofft, dass wir ein paar Tage bei ihr bleiben.«

»Und was sollen wir jetzt machen?«

»Wir essen fertig und gehen«, beantwortete Ingrid Hennis Frage. »Elli wird außer sich sein und sich den ganzen Tag die Augen wund heulen. Morgen hat sie dann vergessen, dass wir überhaupt da waren.«

»Wenn das so ist, hätten wir nicht hierher kommen

sollen«, sagte Hilmer.

»Das wollte ich auch eigentlich nicht. Gestern habe ich aber keinen anderen Ausweg gesehen. Macht euch nicht zu viel Sorgen um Elli. Morgen geht es ihr wieder gut.«

»Dann sollten wir jetzt verschwinden«, sagte Henni. Er stand auf, ging zum Ausgang und wollte die Tür öffnen. Doch die war verschlossen. »Was soll das denn jetzt?«

»Vielleicht geht die Tür nach innen auf«, scherzte Hörg.

»Das habe ich versucht. Die Verrückte hat uns hier eingeschlossen.«

»Dann gehen wir eben durch den Hinterausgang«, sagte Hilmer. »Irgendwie muss Elli ja auch ins Freie gelangt sein.«

»Zunächst sollten wir aber unsere Waffen holen«, schlug Hörg vor. »Dann müssen wir nachher nicht noch einmal in das Gebäude zurück.«

»Gute Idee«, stimmte Hilmer zu. »Mach das.«

Hörg ging nicht darauf ein, dass wieder er es war, der die ganze Arbeit verrichten musste, und fügte sich kommentarlos. Er lief die Treppe hinauf nach oben und blieb wie angewurzelt stehen, als er das Zimmer betrat, in dem er und Henni übernachtet hatten. Ihre Sachen waren weg. Der Bogen, die Pfeile und die Schwerter. Alles war weg.

Eilig lief Hörg in den Nebenraum, musste aber schnell erkennen, dass er auch hier nichts finden würde. »So ein Mist«, fluchte er leise und schaute noch einmal durch das Zimmer. Wenigstens waren beide Schlafstätten benutzt. Er musste sich also zumindest in diesem Punkt keine Sorgen um seinen König machen.

Wütend ging Hörg wieder nach unten zu den anderen. Elli hatte wirklich an alles gedacht und schien genau zu wissen, was sie tat. Sie mochte wahnsinnig sein. Dumm war sie aber ganz sicher nicht.

»Was ist los?«, fragte Hilmer als Hörg mit leeren Händen zurückkehrte.

»Diese verfluchte Feldmaus hat unsere Sachen mitgenommen.«

»Wir dürfen uns auf keinen Fall lange von ihr aufhalten lassen«, sagte Henni »In einem Tag läuft das Ultimatum ab und wer weiß, welche Spielchen Sören noch für uns vorbereitet hat. Ich bin mir längst nicht sicher, dass wir die Statue an der markierten Stelle finden werden.«

Hörg ging entschlossen in Richtung Küche und die anderen folgten ihm eilig. Tatsächlich gab es hier einen weiteren Ausgang, der ins Freie führte. Henni stieß die Tür auf, ging nach draußen und sprang sofort wieder in den Raum zurück.

Alle vier schauten entsetzt auf den Pfeil, der dicht neben dem Lemming in den Holzrahmen eingeschlagen war und noch leicht wippte.

»Die ist ja wohl mehr, als nur ein bisschen verrückt«, schimpfte Hörg. »Ich möchte wissen, was das soll.«

»Hatte ich erwähnt, dass sie ein wenig verrückt ist?«

»Ja, das hast du«, entgegnete Hörg noch immer wütend. »Das ist aber keine Entschuldigung dafür, dass sie uns angreift.«

»Vermutlich will sie einfach nicht, dass wir gehen«, sagte Ingrid.

»Das ist aber eine sehr eigenwillige Art, uns das zu zeigen«, regte sich Henni auf. Vorsichtig näherte er sich dem Ausgang und spähte nach draußen. »Hör mit dem Unsinn auf und komm zu uns!«

»Das könnte euch so passen!«, rief Elli zornig. »Wenn ihr glaubt, ihr könnt meine Gastfreundschaft ausnutzen und dann so mir nichts, dir nichts wieder verschwinden, habt ihr euch getäuscht.«

»Wir werden selbstverständlich für die Unterkunft und das Essen bezahlen«, antwortete Henni.

»Was soll ich mit Geld? Allein kann ich die hier anfallenden Arbeiten nicht erledigen. Ihr müsst eine Gegenleistung erbringen.«

»Dafür haben wir keine Zeit«, sagte Hilmer. »Wir haben dir doch gesagt, dass wir in einer wichtigen Mission unterwegs sind und es eilig haben. Wir kommen aber gerne in ein paar Tagen zurück und helfen dir.«

»Das glaubt ihr doch selbst nicht. Ich mag vielleicht ein wenig zu gutmütig sein, aber dumm bin ich ganz sicher nicht.«

»Du musst etwas tun«, sagte Hörg an Ingrid gewandt. »Du kennst Elli am besten.«

»Ich fürchte, sie wird nicht nachgeben.«

»Du meinst also, wir sollen ihrer Forderung nachkommen und die Arbeiten erledigen?«

»Das wird nichts helfen, Hilmerkönig. Elli wird uns nicht freiwillig gehen lassen. Je länger wir hierbleiben, umso mehr wird sie sich an uns klammern. Schau dich um, wie es hier aussieht. Das ganze Haus müsste gründlich renoviert werden. Wenn es ihr wirklich nur darum ginge, dass die nötigsten Arbeiten verrichtet würden, könnte sie jemanden dafür bezahlen. Geld hat sie nämlich genug. Die Einsamkeit ist ihr Problem. Ich habe einmal davon gehört, dass sie zwei Amazonen über eine Woche lang hier festgehalten hat.«

»Und das sagst du uns jetzt?« Hörg sah Ingrid ärgerlich an. Sie hätten niemals hierher kommen dürfen. Eine Nacht im Freien wäre allemal besser gewesen als dieser Irrsinn. Regen hin oder her.

»Ich dachte nicht, dass es mit ihr wirklich so schlimm geworden ist. Es hilft alles nichts. Wir werden sie überwältigen müssen.«

»Eine tolle Idee«, stimmte Hörg zu. »Am besten fängst

du gleich damit an.«

»Es bringt nichts, wenn wir Ingrid jetzt die Schuld geben. Wir sollten gemeinsam überlegen, wie wir schnell aus dieser Situation herauskommen.«

»Natürlich. Der Herr König muss ja mal wieder zu der Amazone halten. Du solltest nicht vergessen, dass sie Delta belagern und wir Krieg gegen sie führen.«

»Ach, komm schon, Hörg. Darum geht es doch jetzt gar nicht. Streiten hilft uns jetzt auch nicht weiter. Wir brauchen einen Plan.«

Hörg musste zugeben, dass Hilmer mit seinen Worten recht hatte. Und dennoch war es der Fehler der Amazone gewesen, sie hierher zu führen. Ein Blick in die Runde zeigte ihm, dass die anderen genauso ratlos waren wie er selbst. Wäre die ganze Sache nicht so gefährlich, hätte er glatt lachen müssen. Eine übergewichtige Feldmaus, die ein Leben fern aller Realität führte, schaffte es, drei Lemminge und eine Amazone in Schach zu halten. Das war einfach nicht zu fassen.

»Wir könnten zum Schein auf Ellis Forderung eingehen«, sagte Henni schließlich. »Wenn sie zu uns kommt, haben wir vielleicht eine Chance sie zu entwaffnen.«

»Ein Versuch ist es wert«, stimmte Hilmer zu und trat in die offene Tür. »Wir haben uns beraten und sind mit deinem Vorschlag einverstanden«, rief er der Wirtin zu.

»Es freut mich zu hören, dass ihr zur Vernunft gekommen seid.«

»Da wir das nun geklärt haben, kannst du ja zu uns kommen, damit wir die Arbeit unter uns aufteilen können«, schlug Hilmer vor.

»So einfach ist das nicht«, gab Elli zurück. »Ich brauche eine Sicherheit.«

»Und wie stellst du dir das vor?«

»Einer von euch muss herauskommen.«

»Das ist eine Falle«, sagte Henni schnell, bevor Hilmer der Wirtin eine Antwort geben konnte.

»Natürlich«, gab der König leise zurück. »Wir müssen aber irgendetwas tun. Wenn sie einen von uns als Geisel nimmt, befreien wir ihn eben wieder, wenn wir Elli überwältigt haben.«

»Und wer soll das sein?«

»Das liegt doch auf der Pfote«, beantwortete Hörg die Frage seines Bruders. »Ingrid kommt nicht in Frage, weil sie ein Weibchen ist. Hilmer als König ebenfalls nicht. Bleiben wir beide. So, wie bei allen Aufgaben, die keiner von uns übernehmen will. Ich werde gehen.«

»Ich freue mich, dass du dich bereit erklärst, diese Last auf dich zu nehmen.« Hilmer schlug seinem Freund anerkennend auf die Schulter.

»Spar dir deine Floskeln und sieh zu, dass ihr so schnell wie möglich mit der Verrückten fertig werdet.« Hörg hatte keine Lust mehr zu diskutieren und trat ins Freie. »Ich komme raus«, rief er Elli zu, bevor sie die falschen Schlüsse ziehen und einen Pfeil auf ihn abschießen konnte.

»Geh zur Mitte des Hofes und warte da auf mich. Aber langsam.«

Hörg blieb nichts anderes übrig, als Ellis Aufforderung zu folgen. Als er die genannte Stelle erreichte, drehte er sich nach allen Seiten um, konnte die Wirtin aber nicht entdecken.

»Und jetzt zur Scheune. Öffne die Tür, geh hinein und warte dort auf mich.«

»Findest du das nicht selbst ein bisschen lächerlich?«

»Halt den Mund und tue, was ich dir gesagt habe.«

Hörgs Geduldsfaden war kurz davor zu zerreißen und er musste sich zwingen, sich zu beherrschen. Allein würde es ihm nicht gelingen die Feldmaus zu überwältigen, die noch immer mit Pfeil und Bogen bewaffnet war. In der Scheune war es recht dunkel, sodass er zunächst nicht viel erkennen konnte. Elli sah er erst, als sie nur noch wenige Schritte von ihm entfernt war.

»Soll ich jetzt die Ställe ausmisten, oder was?«

»Sei nicht so vorlaut. Dort hinten ist eine Gitterbox. Geh da rein und mach die Tür zu.«

Weil Elli weiterhin den Bogen in der Hand hielt, musste Hörg auch diesen Befehl befolgen. Als er die kleine Zelle betreten hatte, sprang die Feldmaus vor und legte einen Riegel um. Damit war der Lemming gefangen.

»Soll ich wirklich wie ein Masthamster in diesem dreckigen Loch hocken? Das ist unwürdig für einen Lemming. Ähm, ich meine natürlich für eine Feldmaus.«

»Mach dir nicht zu viele Gedanken. Wenn deine Freunde ihre Aufgaben erfüllen, wirst du nicht lange in der Box ausharren müssen.«

Hörg sah Elli nach, wie sie die Scheune verließ und hörte, dass sie auch diese Tür verriegelte. Ihm war klar, dass er keine Chance haben würde, sich allein zu befreien. Er musste sich auf seine Freunde und die Amazone verlassen. Kein beruhigender Gedanke. Seine Situation erinnerte ihn an eine alte Geschichte, die ihm seine Mutter immer erzählt hatte, wenn er nachts nicht schlafen wollte. Es ging darin um eine Hexe, die zwei Welpen in einer Zelle gemästet hatte, um sie später in ihrem Ofen zu braten. Schaudernd dachte er daran, wie er damals immer die Decke über den Kopf gezogen hatte, um sich vor der Hexe zu verstecken. So weit, einen ihrer Artgenossen zu verspeisen, würde hoffentlich selbst Elli nicht gehen.

23

»Das gefällt mir gar nicht«, sagte Henni, der sich große Sorgen um seinen Bruder machte. Wenn es nach ihm gegangen wäre, hätten sie Hörg nicht an die verrückte Feldmaus ausgeliefert und stattdessen gleich einen Versuch unternommen, sie irgendwie zu überwältigen. Sie waren in der Überzahl und Elli hätte unmöglich Pfeile auf alle vier gleichzeitig abschießen können. Nun waren sie der Feldmaus gegenüber im Nachteil und würden außerdem weitere wertvolle Zeit verlieren.

»Hörg wird schon nichts passieren«, versuchte Hilmer seinen Freund zu beruhigen. »Zumindest, solange er keine Dummheiten macht.«

»Und genau davor habe ich Angst.«

»Selbst dein Bruder weiß, wann es besser ist, den Mund zu halten. Ich denke, dass er in Sicherheit ist. Trotzdem sollten wir so schnell wie möglich etwas unternehmen.«

»Solange wir nicht wissen, wo sich Elli aufhält, können wir wenig tun.«

»Sie ist gerade auf dem Weg zu uns«, sagte Ingrid, die während der Unterhaltung der beiden Lemminge, den Hof beobachtet hatte.

Bevor sich die drei einen Plan zurechtlegen konnte, betrat Elli die Küche.

»Und nun zu euch. Sicher fragt ihr euch schon die ganze Zeit über, womit wir den heutigen Arbeitstag beginnen werden.«

»Wir können es kaum abwarten«, antwortete Henni zähneknirschend. Er konnte es nicht fassen, dass die Feldmaus so tat, als sei alles in bester Ordnung. Sie lächelte sogar, als sie ihre Gefangenen anschaute.

»Weil es heute einen heißen Tag geben wird, werden wir die Morgenstunden nutzen und das Feld bewässern. Normalerweise erledige ich diese Arbeit allein. Es wird meinen alten Knochen gut tun, wenn ihr mir diese Last heute abnehmt. Hinter der Scheune findet ihr einen Brunnen und Eimer.«

»Wieso sollen wir Wasser auf das Feld bringen?«, fragte Ingrid sichtlich irritiert. »Es hat gestern in Strömen geregnet.«

»Willst du mir etwa erzählen, wie ich meine Felder bestellen soll?«

»Nein. Ich verstehe nur den Sinn nicht.«

»Du weißt gar nichts, Ingrid«, sagte Elli und sorgte damit für einen Lachanfall bei Hilmer und Henni, den sie mit einem bitterbösen Blick schnell wieder beendete. »Die Felder liegen am Hang. Der Regen war so stark, dass das Wasser nicht in den Boden eingesickert, sondern in wahren Bächen davongeflossen ist. Wie oft muss ich dir das eigentlich noch erklären?«

»Wir haben noch nie über die Bewässerung der Felder gesprochen«, entgegnete Ingrid mürrisch.

»Erlaube dir keine Frechheiten! Mir reicht es jetzt. Wenn ihr nicht sofort mit der Arbeit beginnt, dann bekommt ihr heute nichts zu essen.«

»Was wirst du in der Zwischenzeit tun?«, wollte Hilmer wissen und sah Henni verschwörerisch an.

»Keine Sorge. Ich werde immer in eurer Nähe sein und aufpassen, dass keiner auf den dummen Gedanken kommt, die Scheune zu betreten. Eurem Freund würde das sicher gar nicht gefallen.«

»Was ist mit ihm?«, fragte Henni.

»Sei unbesorgt. Hörg geht es gut. Im Gegensatz zu euch hat er in seiner Zelle viel Zeit zum Ausruhen. Und jetzt geht an die Arbeit.«

Unterwegs zum Brunnen sprachen Henni, Hilmer und Ingrid nicht. Elli war zwar in der Küche geblieben und befand sich somit außer Hörweite, aber sie konnten nicht wissen, welche gemeinen Ideen ihre Peinigerin noch auf Lager hatte. Mittlerweile traute Henni der Feldmaus alles zu.

Am Brunnen fanden sie einen Eimer an einer Kette und drei weitere, in die sie das Wasser umfüllen konnten. Da Hörg für diese Arbeit nicht zur Verfügung stand, fiel es Henni zu, die Last aus der Tiefe nach oben zu ziehen. Alle drei mussten dann aber die schweren Eimer auf das Feld schleppen.

So verging eine Stunde. Während die drei unfreiwilligen Helfer schufteten, saß Elli auf einer Bank neben der Scheune und winkte ihnen fröhlich lächelnd zu.

»Am liebsten würde ich sie in den Brunnen werfen«, knurrte Ingrid.

»Seit wann bist du so ungehalten gegenüber deinen Artgenossinnen, Liebes?«

»Hör mit den dummen Scherzen auf, Hilmerkönig. Danach steht mir jetzt echt nicht der Sinn.«

»Wenn wir nicht bald etwas unternehmen, fehlt uns später die Kraft dazu«, kam Henni auf den Kern ihres Problems zu sprechen. »Am liebsten würde ich im Moment sogar mit Hörg tauschen.«

»Sag ihm das später besser nicht«, bemerkte Hilmer. »Deinem Bruder werden bestimmt tausend Gründe einfallen, warum er schlechter dran war als wir.«

Mittlerweile war es deutlich wärmer geworden und es lief ihnen der Schweiß aus allen Poren. Endlich läutete Elli ihre Glocke und rief ihre Arbeiter damit zu sich.

»Ihr seht müde aus«, begrüßte die Wirtin ihre Helfer und deutete auf eine Bank, auf der für jeden ein Becher mit Wasser stand. »Dabei hat der Tag gerade erst begonnen. Ihr habt noch jede Menge Arbeit vor euch.«

»Du weißt, dass du damit nicht durchkommen wirst«, entgegnete Hilmer. »Du kannst uns nicht ewig hier festhalten und wirst dich dafür zu verantworten haben.«

»Willst du mir etwa drohen?«

»Wenn du es so nennen willst, ja.«

»Es gibt absolut nichts, was ihr tun könnt. Glaubt mir. Es haben schon andere versucht, sich gegen mich zur Wehr zu setzen. Genutzt hat es ihnen nichts.«

»Du wirst großen Ärger mit Heidi und ihren Kriegerinnen bekommen«, versuchte nun auch Ingrid, die Wirtin zu überzeugen.

»Die hat andere Sorgen. Soweit ich weiß, führt sie gerade einen Krieg gegen irgendwelche Lemminge. Da wird sie sich nicht um ein altes Weibchen kümmern, das einsam in der Wildnis lebt.«

»Und genau da irrst du dich«, sagte Hilmer. »Wir sind in einer Mission unterwegs, die diesen Krieg beenden kann. Heidi wird nicht sehr erfreut sein, wenn wir nicht bald bei ihr auftauchen.«

»Und wenn schon«, sagte Elli locker. »Die große Feldherrin weiß nicht, dass ihr hier bei mir seid. Von mir wird sie es auch ganz sicher nicht erfahren. Und jetzt haben wir genug geredet.«

Während der Diskussion hatte Elli den Bogen nicht aus den Pfoten gelegt und darauf geachtet, dass der Abstand zwischen ihr und den Gefangenen immer groß genug blieb, damit diese sich nicht auf sie stürzen konnten.

»Als Nächstes ist das Dach an der Reihe.«

»Und was sollen wir da machen?«, fragte Henni genervt.

»Ein paar Ziegel sind kaputt und müssen ausgetauscht werden.«

»Hast du denn Neue?«

»Die liegen hinter dem Haus. Du kannst sie holen, während die anderen beiden auf das Dach steigen. Dafür bist du ohnehin zu schwer.«

Henni kochte innerlich vor Wut, wusste aber, dass er sich im Moment nicht gegen die verrückte Feldmaus wehren konnte. Hinter dem Haus sah er sich zunächst einmal um. Das Dach reichte hier sehr viel weiter zum Boden herab als auf der anderen Seite und zog sich noch ein Stück über die Wand. Darunter lagen die neuen Ziegel und außerdem allerlei Unrat. Henni sah eine Eisenstange, die er hätte als Waffe nutzen können. Einen Moment lang dachte er darüber nach, ob er sich damit auf Elli stürzen sollte, verwarf den Gedanken aber wieder. Solange sie mit dem Bogen bewaffnet war, konnte er nichts gegen die Feldmaus unternehmen.

»Was dauert denn da so lange?«, rief Elli ärgerlich. »Soll ich dir etwa beim Tragen helfen?«

»Ich komme ja schon.« Henni nahm ein paar Ziegel und lief zurück zu den anderen. Mittlerweile hatten Ingrid und Hilmer eine Leiter aufgestellt und die Amazone stieg gerade die ersten Sprossen nach oben.

Elli beobachtete jeden Schritt ihrer Artgenossin und war dadurch abgelenkt. Henni nutzte die Gunst der Stunde und berichtete seinem Freund leise, wie es auf der anderen Seite aussah.

»Hört auf zu quatschen und beeilt euch ein bisschen«, schimpfte Elli, als sie sah, dass die beiden Männchen noch immer bei der Leiter standen.

Hilmer nahm Henni die Ziegel ab und stieg ebenfalls nach oben, während sein Freund die Leiter festhielt.

»Die kaputten Stellen sind ziemlich weit oben. Passt auf, dass ihr nicht abstürzt.«

»Das würde dir sicher sehr leid tun«, gab Hilmer wütend zurück.

»Natürlich. Auch wenn ihr das nicht glaubt, bin ich ein zartes Wesen und möchte nicht, dass jemand verletzt wird.«

»Du hast doch nur Angst, deine Sklaven zu verlieren«, entgegnete Henni.

»Denkt, was ihr wollt. Aber repariert endlich dieses verflixte Dach.«

Plötzlich stieß Ingrid einen entsetzten Schrei aus. Henni schaute nach oben und sah gerade noch, wie sie auf der anderen Seite des Daches verschwand. Ein lautes Poltern begleitete ihren Sturz nach unten, dann folgte der Aufschlag.

»Ihr bleibt, wo ihr seid!«, schrie Elli und rannte mit einer Geschwindigkeit um das Haus herum, die Henni ihr nicht zugetraut hätte. Der Lemming ignorierte ihren Befehl und folgte der Wirtin. Vielleicht ergab sich ja jetzt eine Chance, sie zu überwältigen.

Elli stürmte um die Ecke und mitten in die Eisenstange hinein, mit der Ingrid nach ihrer Widersacherin schlug. Sie hielt die Waffe mit beiden Pfoten fest und hatte alle Kraft in den Hieb gelegt. Elli wurde an der Stirn getroffen und machte trotz ihres Gewichtes einen Salto rückwärts. Noch bevor sie auf den Boden aufschlug, war Henni bei ihr und riss ihr Pfeil und Bogen aus den Pfoten. Das Blatt hatte sich endlich gewendet.

»Das hast du nun davon«, schnaufte Ingrid und spuckte verächtlich neben der Wirtin auf den Boden. Die Amazone warf die Eisenstange weg und klopfte sich den Staub aus dem Fell.

»Bist du verletzt?«, fragte Henni besorgt.

»Nein. Dein Hilmerkönig hat mir vorher gesagt, dass ich nicht tief fallen würde, und ich konnte mich auf den Sturz vorbereiten. Da hatte er echt eine gute Idee.«

»Manchmal ist er ganz nützlich«, sagte Henni und lächelte die Feldmaus an.

»Über wen sprecht ihr da?«, wollte Hilmer wissen. Er hatte das Dach verlassen und war ebenfalls zur Hinterseite des Hauses gelaufen.

»Nicht so wichtig«, antwortete Henni und deutete auf

die bewusstlose Wirtin. »Was machen wir jetzt mit ihr?«

»Am liebsten würde ich sie in den Brunnen werfen«, antwortete Ingrid. »Das würde Heidi allerdings nicht besonders gut gefallen. Elli wird zwar eine Strafe bekommen, aber unsere Feldherrin mag es nicht, wenn ihre Kriegerinnen diese selbst festlegen. Zumindest dann nicht, wenn es sich um Artgenossinnen von uns handelt.«

»Hier liegen lassen können wir sie aber auch nicht«, sagte Hilmer. »Wir dürfen nicht zulassen, dass sie uns verfolgt, wenn sie aus ihrer Bewusstlosigkeit erwacht.«

»Das werden wir auch nicht«, sagte Ingrid entschlossen. »Lasst uns erst einmal euren Freund befreien. Dann sperren wir Elli in die Zelle und machen, dass wir hier wegkommen.«

24

»Warum hat das eigentlich so lange gedauert?«, fragte Hörg, als ihn seine Freunde endlich aus dem Gefängnis befreiten. »Ich habe gerade darüber nachgedacht, ob ich in der Zelle nicht ein bisschen aufräumen soll, damit es gemütlich wird. Leider hat mir Elli keine Farbe dagelassen, sonst hätte ich längst mit den Renovierungsarbeiten begonnen.«

»Rede keinen Unsinn«, sagte Hilmer. »Die Alte war nicht gerade kooperativ. Sie hat uns ganz schön schuften lassen, während du dich hier ausgeruht hast.«

»Du wirfst mir jetzt aber nicht vor, dass man mich gefangen gehalten hat, oder?«

»Das habe ich nicht gesagt. Komm raus da und hilf uns diese Verrückte hier hineinzuschaffen. Sie ist ziemlich schwer.«

Mit vereinten Kräften gelang es Henni und Hörg, die

Wirtin in die Zelle zu wuchten. Hilmer und Ingrid schauten aus den bekannten Gründen nur zu.

»Wollt ihr sie wirklich einfach so liegen lassen?«, fragte Hörg und deutete mit der Pfote auf die Beule auf Ellis Stirn.

»Ich werde sie aufwecken«, antwortete Ingrid und verließ die Scheune.

»Was hat sie vor?«

»Keine Ahnung, Hörg«, antwortete Hilmer. »Lass sie mal machen. Sie ist mindestens genauso wütend auf ihre Artgenossin wie wir. Schonen wird sie Elli ganz sicher nicht.«

Kurze Zeit später kehrte Ingrid mit einem Eimer voller Wasser zurück und schüttete ihrer Gefangenen den Inhalt über den Kopf.

»Was, zur Schneeeule, soll denn das?«, prustete Elli und wollte aufspringen. Es blieb allerdings beim Versuch. Zum einen gab ihr die Zelle einfach nicht genug Platz, um sich aufzurichten, und zum anderen litt sie offensichtlich noch unter den Nachwirkungen des Schlages.

»Das hast du dir jetzt selbst zuzuschreiben«, sagte Ingrid und schaute die Wirtin böse an. »Wir haben dich mehr als einmal gewarnt.«

»Ihr hättet mich umbringen können.«

»Verdient hättest du es«, sagte Hörg. Er empfand wenig Mitleid mit Elli und freute sich darüber, dass sie jetzt in der Zelle saß, in die sie ihn vorher gesperrt hatte.

»Ist das der Dank für meine Gastfreundschaft?«

»Nein, aber für dein Verhalten von heute Morgen.« Ingrid schaute verächtlich auf die übergewichtige Feldmaus hinab, die in ihrem Gefängnis ein armseliges Bild abgab. »Heidi wird entscheiden, was mit dir passieren soll. Bis dahin bleibst du da drin. Du wirst also genug Zeit haben, über deine Taten nachzudenken.«

»Ist es wirklich nötig, die Feldherrin mit solchen Lappalien zu belästigen?«

»Ja, das ist es.« Ingrid wandte sich an die drei Lemminge. »Lasst uns endlich von hier verschwinden.«

»Nichts lieber als das«, sagte Hörg und verließ die Scheune als Erster.

Als alle draußen waren, ging Henni auf die Herberge zu.

»Wo willst du hin?«, wollte Hilmer wissen.

»Wir brauchen doch unsere Waffen. Bei der Gelegenheit können wir noch ein bisschen Proviant zusammenpacken. Elli braucht es ja im Moment nicht.«

»Das ist eine gute Idee«, rief Hörg begeistert und folgte seinem Bruder, um ihm zu helfen.

»Lass uns zuerst in die Küche gehen«, schlug Henni vor. »Danach nehmen wir uns Ellis Schlafzimmer vor und suchen nach den Waffen.«

»Was, wenn wir sie dort nicht finden?«

»Dann müssen wir die Verrückte eben fragen. Ich habe nach all dem Ärger keine Lust unbewaffnet durch das Gebiet der Feldmäuse zu rennen.«

In der Küche packten sie jeder einen Beutel mit Brot, Speck und Würsten ein. Zufrieden gingen sie dann in den Nebenraum, in dem die Wirtin ihre Schlafstätte hatte.

»Das stinkt ja widerlich«, schimpfte Hörg, als er den Raum betrat. »Wie kann man denn so hausen?«

»Da ist sie jetzt in der Zelle nobler untergebracht«, antwortete Henni und schüttelte den Kopf.

Der Raum war voller Unrat. Überall waren Kisten verteilt, in denen sich so ziemlich alles befand, was man gebrauchen konnte – oder auch nicht. In einer Ecke standen Töpfe mit undefinierbaren Flüssigkeiten. Die Schlafstätte lag unter einem Fenster, das so schmutzig war, dass man nicht nach draußen schauen konnte.

»Bei der Müllhalde ist es unfassbar, dass die anderen Räume halbwegs ordentlich sind«, sagte Henni kopfschüttelnd.

»Elli wollte vermutlich den Schein wahren. Hier wird sie sich die meiste Zeit über aufgehalten haben. Oder in der Küche.«

»Unsere Waffen finden wir hier sicherlich nicht.«

»Nein. Wir werden sie fragen müssen.«

»Du willst noch einmal in die Scheune zurück?«

»Ja, Henni. Es wird uns wohl nichts anderes übrig bleiben.«

»Ich glaube nicht, dass die Verrückte freiwillig mit der Sprache herausrückt.«

»Lass mich nur machen«, meinte Hörg.

Die Brüder verließen die Herberge und marschierten schnurstracks an Ingrid und Hilmer vorbei, die ihnen verwirrt nachschauten. Hörg öffnete die Scheunentür mit einem wütenden Tritt.

»Wir sind wieder da!«, rief er Elli zu, die auf dem Boden der Zelle lag und die beiden Lemminge aus müden Augen ansah.

»Was wollt ihr noch?«

»Unsere Waffen.«

»Das könnt ihr vergessen.«

»Nicht so voreilig«, sagte Hörg und hielt der Feldmaus den Beutel mit dem Proviant vor die Nase.

»Du bist ein dreckiger Dieb.«

»Mag sein«, sagte Hörg. »Im Gegensatz zu dir kann ich mich aber mit Nahrung versorgen. Möchtest du etwas abhaben?«

»Hau ab und lass mich in Ruhe.«

»Komm schon, Elli. Du weißt, dass du hier mindestens zwei Tage allein sitzen wirst. Willst du etwa verhungern?«

»Das wäre dir doch egal.«

»Jetzt wirst du unfair. Du scheinst völlig vergessen zu haben, wer mit dem Streit angefangen hat.«

»Das spielt jetzt auch keine Rolle mehr.«

Hörg hielt den Beutel ein Stück näher an die Zelle heran. »Was ist nun? Willst du uns nicht doch sagen, wo du die Waffen versteckt hast?«

Elli sah den Lemming mit einer Mischung aus Wut und Verzweiflung an. Schließlich gab sie nach. »Vor dem Eingang in die Herberge steht eine Bank.«

»Und weiter?«

»Man kann die Sitzplatte abnehmen. Darunter findest du alles.«

»Siehst du, es geht doch.«

»Dann gib mir jetzt den Beutel.«

»Nicht so hastig«, entgegnete Hörg. »Zunächst wird mein Bruder nachsehen, ob du auch die Wahrheit gesagt hast.«

Henni war bereits auf dem Weg nach draußen. »Es ist alles da!«, rief er wenige Augenblicke später.

»Braves Weibchen«, sagte Hörg, öffnete den Beutel und nahm einen Laib Brot und zwei Würste heraus. »Das wird reichen müssen. Du siehst ja nicht aus, als würdest du jeden Moment vom Fleisch fallen.«

Elli nahm das Essen schweigend entgegen und drehte Hörg den Rücken zu. Der hatte nun ebenfalls keine Lust mehr, sich mit der Feldmaus abzugeben und verließ die Scheune.

»Können wir jetzt endlich gehen?«, fragte Ingrid, als alle wieder zusammen auf der Mitte des Platzes standen. Da keiner widersprach, übernahm die Amazone die Führung und ging entschlossenen Schrittes los.

25

Für den Weg zur Thorne brauchten sie etwa eine Stunde. Die Sonne brannte unbarmherzig auf die Gruppe hernieder. Alle vier hofften, dass ihr Weg sie zu einem schattigen Platz führen würde. Das Wasser des Flusses kam zur Abkühlung für die Lemminge nicht wirklich in Frage. Umso entsetzter waren sie, als Ingrid ihnen sagte, wie es weitergehen sollte.

»Ihr wisst ja noch, dass wir auf der falschen Seite der Thorne sind.«

»Und wie kommen wir auf die andere Seite?«

»Ganz einfach, Hilmerkönig. Wir gehen noch ein Stück flussaufwärts, und wenn wir kein Boot finden, werden wir wohl schwimmen müssen.«

»Vergiss es«, sagten Henni und Hörg wie aus einem Mund.

»Stellt euch nicht so an. Ich habe euch schon gestern gesagt, dass ihr wahrscheinlich noch einmal ins Wasser müsst.«

»Und bereits da haben wir dir erklärt, wie wenig Lust wir dazu haben«, antwortete Hörg.

»Man muss eben manchmal über seinen eigenen Schatten springen. Ihr markiert doch sonst die starken Männchen. Da wird es euch wohl nichts ausmachen, eine kleine Strecke durch den Fluss zu schwimmen.«

»Vielleicht haben wir ja Glück und finden ein Boot«, sagte Hilmer.

»Ja. Nur diesmal werden wir dich vor der Fahrt fesseln«, versprach Henni.

»Es ist gar nicht lange her, dass ihr noch nicht einmal mit einem Boot fahren wolltet«, lachte Ingrid. »Aus euch könnten noch richtige Männchen werden, wenn ich mich um eure Ausbildung kümmern dürfte.«

»Ich glaube es nicht«, rief Hörg und klatschte in die Hände.

»Was ist denn jetzt?«, fragte Henni überrascht.

»Unsere kriegerische Amazone hat tatsächlich einen Ansatz von Humor gezeigt. Ich hätte nicht gedacht, dass ich das noch erleben darf.«

Jetzt mussten sie alle vier lachen. Nach dem Ärger mit Elli und der vergeudeten Zeit war es eine schöne Abwechslung, dass sie sich für einen kurzen Moment nicht mit irgendeinem Problem auseinandersetzen mussten. Wenn auch vermutlich noch eine ganze Menge Sorgen vor ihnen lagen.

Die Amazone führte die Gruppe weiter flussaufwärts. Dabei gingen sie dicht am Ufer der Thorne entlang und suchten vergeblich nach einem Boot. Hörgs Verzweiflung wuchs. Er erinnerte sich schaudernd daran, wie er tags zuvor durch das eiskalte Wasser geschwommen war, und hoffte inständig, dass ihm dies heute erspart bliebe. Mit jedem Schritt, den sie gingen, wurde dies aber unwahrscheinlicher.

»Sind wir denn noch weit von der Stelle entfernt, die Sören auf der Karte markiert hat?«

»Nein«, beantwortete Ingrid Hennis Frage. »Wir müssen bald rüber auf die andere Seite.«

»Ich hoffe nur, dass wir die Statue dort finden«, sagte Hilmer. »Wir haben keine Zeit mehr noch einmal quer durch das Land zu rennen, um ein anderes Ziel zu erreichen.«

»Nein, die haben wir nicht«, pflichtete Henni seinem König bei. »Wenn uns Sören wieder ein Rätsel hinterlassen hat, wird es eng.«

»Vielleicht können wir dann noch einmal mit dieser Kriegsherrin verhandeln. Immerhin waren wir nicht untätig und versuchen ja, ihr Heiligtum zu finden. Wenn wir mehr Zeit benötigen, muss sie das doch verstehen.«

»Du weißt gar nichts, Hilmerkönig. Heidi ist es nicht leicht gefallen, überhaupt auf den Vorschlag deiner

Freunde einzugehen. Sie wird Resultate sehen wollen und sich nicht weiter hinhalten lassen. Ihr kennt das Ultimatum. Wenn die Zeit um ist, wird Heidi die Stadt angreifen.«

»Auch wenn ihr recht habt und wir das Ziel nicht aus den Augen verlieren dürfen, wäre ich im Moment schon zufrieden, wenn wir ein Boot finden würden«, lenkte Hörg das Gespräch auf die aktuelle Problematik zurück.

»Da werden wir wenig Glück haben«, zerstörte Ingrid die Hoffnung des wasserscheuen Lemmings. »Diese Gegend ist unbewohnt.«

»Na, super.«

»Beschwere dich nicht, ich habe auch eine gute Nachricht.«

»Und die wäre?«

»Gleich kommen wir an eine Stelle, wo die Thorne nicht so breit ist. Dort musst du nicht weit schwimmen.«

»Ich kann mein Glück kaum fassen«, antwortete Hörg säuerlich.

Tatsächlich erreichten sie wenige Minuten später, die von Ingrid vorausgesagte Stelle. »Dass der Fluss hier auch seine tiefste Stelle hat, wird euch sicherlich nicht stören«, sagte die Amazone.

»Doch, das tut es«, entgegnete Hörg aufgebracht. »Hier wimmelt es sicher von wilden Fischen, die auf Nahrungssuche sind.«

»Du wirst ihnen nicht schmecken.«

»Das gefällt mir trotzdem nicht, Ingrid. Gibt es denn auch eine Stelle, wo die Thorne breiter, aber dafür so flach ist, dass wir durchlaufen können?«

»Nein. Es sei denn, du willst bis zur Quelle laufen.«

»Dann machen wir das eben.«

»Vergiss es, Hörg. Die Stelle liegt mindestens einen Tagesmarsch von hier entfernt.«

»Finde dich damit ab, dass du schwimmen musst«, sagte Hilmer zu seinem Freund. »So schlimm ist das nun auch wieder nicht.«

»Wenn das so ist, kannst du ja den Anfang machen.«

»Das werde ich auch tun. Es ist die Aufgabe eines Königs, seinen Untertanen in schwierigen Zeiten mit gutem Beispiel voranzugehen.«

Hörg beobachtete skeptisch, wie sein König an das Ufer trat und eine Pfote in die dunkle Brühe hielt.

»Das Wasser ist angenehm erfrischend«, sagte Hilmer. Sein Gesichtsausdruck zeigte den anderen aber, dass sich seine Begeisterung in Grenzen hielt.

»Nun mach schon«, sagte Ingrid und gab dem Lemming einen Stoß.

Der konnte sich nicht mehr halten und fiel kopfüber in die Thorne. Jetzt musste er schwimmen. Zunächst strampelte der König aufgeregt im Wasser herum, was Hörg in seinem Entschluss, keine Pfote da hineinzusetzen, noch bestärkte. Nach dem ersten Schock schwamm Hilmer dann aber mit kräftigen Zügen auf die andere Seite und kroch dort auf das rettende Ufer.

»Seht ihr, es ist gar nicht so schwer. Jetzt bist du dran, Henni.«

Der Angesprochene warf Ingrid einen verzweifelten Blick zu, begab sich dann aber in das kalte Nass. Auch ihm fiel es zunächst schwer, im Wasser die richtige Richtung zu finden. Er kam aber – genau wie der König – sicher auf der anderen Seite an.

»Ich gehe als Letzter«, sagte Hörg, bevor die Amazone ihn auffordern konnte, ebenfalls auf die andere Seite zu schwimmen.

»Wie du meinst«, sagte Ingrid achselzuckend, sprang in die Thorne und kraulte in schnellen Zügen zu den wartenden Lemmingen.

»Nun mach schon!«, rief Henni seinem Bruder von der

anderen Seite aus zu, nachdem Ingrid an das Ufer gekrochen war. »Wenn man sich einmal überwunden hat, ist alles halb so schlimm.«

Du hast gut reden, dachte Hörg und näherte sich vorsichtig dem Ufer. Wenn er sich vor seinen Freunden und der nervigen Feldmaus nicht zum Hamster machen wollte, musste er ihnen jetzt folgen. Er nahm seinen ganzen Mut zusammen und ließ sich in die Thorne fallen.

Sofort hatte er das Gefühl, als würde ihm die Kälte die Eingeweide aus dem Körper treiben. Im ersten Moment war Hörg so geschockt, dass er beinahe die überlebenswichtigen Schwimmbewegungen vergessen hätte. Als er sich aber vom ersten Schrecken erholt hatte, kam auch er voran. Wenn auch langsam.

Plötzlich hatte Hörg das Gefühl, dass ihn etwas an der Pfote berührt hätte. *Das ist das Ende*, dachte er panisch. Sicher wurde er gerade von einem fleischfressenden Fisch belauert, der nur gewartet hatte, bis er ins Wasser gesprungen war. Dabei hätte sein Bruder eine deutlich üppigere Mahlzeit abgegeben.

»Was machst du denn da so lange?«, rief Hilmer.

»Ich werde angegriffen«, gab Hörg gepresst zurück und trat wild um sich.

»Rede keinen Unsinn und schwimm weiter! Du hast es gleich geschafft.«

Tatsächlich war das Ufer nur noch ein kleines Stück von Hörg entfernt. Entschlossen drängte er seine Angst zurück. Es wäre doch gelacht, wenn er nach all den überstandenen Abenteuern an einem blöden Fisch scheitern sollte. Endlich sah er das Ufer direkt vor sich und wurde von seinen Freunden aus dem Wasser gezogen.

»So etwas mache ich nie wieder.« Hörg schüttelte sein Fell aus und ging ein paar Schritte vom verhassten

Fluss weg. Die belustigten Blicke seiner Freunde ignorierte er. Sollten sie sich ruhig über ihn lustig machen. Sie hatten es alle geschafft – und nur das zählte.

26

Ingrid führte die Gruppe vom Ufer der Thorne weg auf ein Tal zwischen zwei Hügeln zu. Noch immer brannte die Sonne unbarmherzig auf sie herab und selbst das Fell der Lemminge war innerhalb kurzer Zeit trocken.

»Wo ist nun die Stelle, die Sören auf der Karte markiert hat?«, fragte Hörg ungeduldig.

»Sie muss hier ganz in der Nähe sein.«

»Du weißt es also nicht?«

»Fang nicht schon wieder an, dich zu beschweren, Hörg. Ich habe euch gesagt, dass ich ungefähr weiß, wo der Ort liegt. Die Karte habe nicht ich zerstört.«

»Die Stelle lag zwischen zwei Hügeln«, sagte Henni. »Ich kann mich ungefähr an das Bild erinnern. So falsch können wir hier nicht sein.«

»Das sage ich doch die ganze Zeit.«

»Warum ist diese Rudolfa eigentlich so wichtig für euch? Es ist doch nur eine Steinfigur.«

»Du weißt gar nichts, Hilmerkönig. Rudolfa war eine Heilige. Sie gilt als Retterin unseres Volkes und hat meine Ahnen in diese Gegend geführt, als sie ihren alten Lebensraum verlassen mussten. Viele sind damals gestorben. Rudolfa wollte ihr Volk schützen und hat hier eine regelrechte Festung erschaffen, die kein Feind jemals überwunden hat.

Es gab einmal einen unterirdischen Tempel, in dem man ihr nach ihrem Tod ein Denkmal gesetzt hat. Diese Statue soll an die großen Taten unserer Heldin erinnern. Es darf nicht sein, dass sie in den Händen von euch Lemmingen bleibt und ihre Ehre so beschmutzt wird.«

»Was ist mit dem Tempel passiert?«, wollte Henni wissen. »Gibt es ihn noch?«

»Meine Ahnen wurden vor vielen Generationen durch ein Erdbeben aus den Bauten vertrieben. Soweit ich weiß, wurde alles zerstört. Niemand weiß, wo sich die Ruinen von Agar befinden. Lediglich die Statue der heiligen Rudolfa konnte gerettet werden.«

»Gut. Ich sehe ein, dass ihr sie wieder haben wollt«, sagte Hörg. »Muss man aber deswegen wirklich einen Krieg vom Zaun brechen?«

»Gib nicht Heidi und den Amazonen die Schuld«, antwortete Ingrid. »Wenn dieser beschränkte Sören die Statue nicht geraubt hätte, wäre alles immer noch in Ordnung. Er ist es, der den Krieg verursacht hat. Nicht wir.«

»Da vorn ist eine Höhle«, sagte Henni und deutete mit der Pfote auf eine Stelle in der Felswand, die nur wenige Meter entfernt lag. Die Öffnung war so klein, dass die Vier sie vorher nicht hatten sehen können. »Könnte dies Sörens Versteck sein?«

»Wenn ich die Karte richtig in Erinnerung habe, dann ist das schon möglich«, beantwortete Ingrid Hörgs Frage.

»Es könnte aber auch der Bau irgendeines Tieres sein«, mahnte Hilmer zur Vorsicht. »Wir müssen achtgeben. Ich möchte keine böse Überraschung erleben, wenn wir durch die Öffnung kriechen.«

Sie gingen näher an die Felswand heran und schauten in den Gang hinein. Viel erkennen konnten sie dabei allerdings nicht.

»Wenn wir wissen wollen, ob wir an der richtigen Stelle sind, werden wir die Höhle wohl betreten müssen«, sagte Henni.

»Zumindest kann einer von uns einmal nachsehen«, stimmte Hilmer seinem Freund zu.

»Lass mich raten, wer für diese Aufgabe in Frage kommt«, brummte Hörg. »Die Feldmaus ist es nicht. Du bist es auch nicht. Bleiben mein Bruder und ich.«

»Eine Schneeeule«, schrie Ingrid plötzlich, packte Hilmer an der Schulter und warf sich mit ihm gemeinsam durch die Öffnung. Henni und Hörg folgten den Bruchteil einer Sekunde später.

»Seit wann bist du so stürmisch?«, fragte Hilmer, der mit dem Rücken auf dem Boden unter der Amazone lag. »Ich mag es ja eher romantisch.«

»Bild dir ja nichts ein«, fauchte Ingrid und stand auf.

»Ich sehe keine Schneeeule«, stellte Hörg fest. Er war im Eingang der Höhle stehen geblieben und spähte vorsichtig nach draußen.

»Da ist auch keine«, sagte die Amazone. »Ich wollte lediglich vermeiden, dass wir noch eine Ewigkeit darüber diskutieren, ob wir den Gang nun betreten sollen oder nicht. Jetzt sind wir drin.«

»Du bist ein sehr hinterlistiges Weibchen, Liebes.«

»Das macht mich so effektiv.«

»Jetzt müssen wir nur noch herausfinden, ob wir hier auch richtig sind.« Henni holte seine Lampe aus der Tasche und zündete sie an. Die Höhle war nicht sehr groß und endete bereits nach wenigen Metern. Direkt hinter dem Eingang öffnete sie sich nach oben höher, als man es hätte erwarten können. Auf der linken Seite war ein Bild an die Wand gemalt, das eine Amazone in Rüstung und mit Schwert zeigte.

»So langsam geht mir Sören wirklich auf die Nerven«, meinte Hörg.

»Das Bild zeigt aber, dass wir an der richtigen Stelle sind«, sagte Hilmer.

»Schon. Sonst ist hier aber nichts. Ich habe keine Lust mehr auf diese dämlichen Rätselspiele.«

»Stell dich nicht so an«, wies Henni seinen Bruder zurecht. »Lasst uns lieber nachsehen, ob wir noch etwas finden. Das Gemälde scheint älter zu sein. Hier muss es noch einen weiteren Hinweis geben.«

»Kennst du die Amazone, die auf dem Bild zu sehen ist?«

»Ich denke, dass es sich hierbei um Rudolfa handelt, Hilmerkönig.«

»Dann könnte dieser Raum zur alten Tempelanlage gehören.«

»Das ist zwar möglich, aber nicht sehr wahrscheinlich.«

»Wieso? Du hast doch gesagt, dass ihr nicht genau wisst, wo sich dieses Agar befindet.«

»Die Anlage war aber sehr viel größer. Hier sieht es nicht so aus, als ob irgendetwas eingestürzt wäre. Die Höhle könnte als Unterschlupf für Kriegerinnen gedient haben, die sich auf einem Streifzug befanden.«

»Vielleicht ist das auch nicht der richtige Ort«, sagte Henni.

»Wie kommst du darauf?«, wollte Hörg wissen.

»Die Höhle und das Gemälde sind offensichtlich älter. Sören muss sie nicht zwangsläufig gekannt haben. Was, wenn er uns mit der Karte an eine ganz andere Stelle führen wollte?«

»Wenn das so ist, finden wir sie nie«, sagte Hilmer.

»Wir sollten hier weitersuchen. Eine bessere Spur haben wir nicht. Außerdem wäre es schon ein sehr großer Zufall, wenn Sören nicht diesen Raum gemeint hätte. Warum sonst, hätte er sich überhaupt so weit von Delta entfernen sollen?«

»Du könntest das Bild untersuchen, Hilmerkönig. Es hat dir doch auch gestern so großen Spaß gemacht, diesen Wonibalt zu betatschen.«

»Da es sich bei Rudolfa um deine Artgenossin handelt, überlasse ich diese Aufgabe gerne dir, Liebes.«

Ingrid sah den Lemming spöttisch an, ging dann aber zur Wand, um die Malerei genauer zu begutachten.

Während Hilmer sie dabei gespannt beobachtete, nahmen sich seine Freunde die anderen Wände der Höhle vor.

»Das hat doch keinen Sinn«, schimpfte Henni, nachdem sie alles zweimal vergeblich nach einem Hinweis abgesucht hatten. »Wir sind an der falschen Stelle.«

»Vielleicht finden wir am Boden etwas«, schlug Hörg vor. Im Gegensatz zu seinem Bruder war er davon überzeugt, dass es in diesem Raum irgendetwas geben musste. Wenn Sören die Statue im Land der Feldmäuse versteckt hatte, musste es einfach so sein, dass er auch diesen Ort kannte. Da gab er seinem König schon recht. Vielleicht hatte der Historiker auch einen Weg nach Agar gefunden. Diese Möglichkeit durften sie nicht ausschließen. Auch wenn Hörg sich keinen Grund vorstellen konnte, warum Sören überhaupt nach dem alten Tempel der Feldmäuse gesucht haben sollte.

»Willst du hier jetzt alles umgraben?«, gab Henni entnervt zurück.

»Hör auf rumzumaulen und hilf mir lieber.«

Hörg kroch auf allen vier Pfoten durch den Raum und wischte dabei lose Erde und Blätter vor sich zur Seite. Unter dem Dreck fand er massiven Fels, was seine Hoffnung, auf ein geheimes Versteck zu stoßen, deutlich absenkte. Auch die anderen drei untersuchten jetzt den Boden der Höhle und es war Ingrid, die plötzlich aufschrie.

»Hier ist ein Metallring.«

Die drei Lemminge sprangen auf und liefen zur Amazone um deren Fund zu begutachten. Der Ring war in Holz hineingeschraubt. Mit vereinten Kräften legten sie eine Holzplatte frei und Hörg sah die anderen triumphierend an.

»Ich habe doch gesagt, dass wir hier etwas finden.«

Ohne zu zögern, griff er nach dem Ring, zog ihn nach oben und legte so eine Öffnung im Boden frei. Unter der Platte befand sich eine Treppe, die ins Dunkle führte.

»Ich gehe vor«, sagte Hörg und ließ die Platte auf der anderen Seite zu Boden fallen.

27

Henni folgte seinem Bruder, der vor ihm mit seiner Lampe die Dunkelheit ausleuchtete, auf die Pfote. Hilmer und Ingrid warteten oben in der Höhle.

»Wenn das hier der Weg nach Agar ist, haben wir Heidi gegenüber selbst dann einen Trumpf in der Hand, wenn wir die heilige Rudolfa nicht finden«, sagte Hörg leise.

»Das können wir nur hoffen. So langsam wird die Zeit nämlich wirklich knapp.«

Die beiden erreichten einen rechteckigen Raum, der etwa halb so groß war wie die Höhle oben. Hörg stieß einen wütenden Fluch aus. Auch hier schienen sie in einer Sackgasse gelandet zu sein. Sie waren also wieder nicht weitergekommen.

»Was gibt es da unten zu sehen?«, rief Hilmer von oben.

»Hier ist gar nichts«, gab Hörg ärgerlich zurück.

»Das kann doch nicht sein. Der Gang muss irgendeinen Sinn haben.«

»Dann komm runter und schau selbst nach.« Hörg hatte keine Lust weiter mit seinem König zu diskutieren, musste ihm aber insofern recht geben, dass auch er selbst nicht glaubte, dass man die Kammer grundlos angelegt hatte. Irgendetwas musste hier unten versteckt gewesen sein.

»Da steht eine Truhe«, sagte Henni und zog damit die Aufmerksamkeit seines Bruders auf sich.

Tatsächlich entdeckte nun auch Hörg in der Ecke eine Kiste. Sie war halb vom Dreck, der überall auf dem Boden lag, zugedeckt. Gemeinsam mit Henni zog er die Truhe hoch und sie trugen sie in die Mitte des Raumes.

»Und wie öffnen wir das Ding jetzt?«, fragte Hörg und deutete auf das Schloss.

»Wir brauchen einen Schlüssel.«

»Auf die Idee wäre ich jetzt allein nicht gekommen. Aber wo sollen wir den hernehmen?«

»Was habt ihr denn da?«, fragte Hilmer neugierig und trat gemeinsam mit Ingrid neben seine Freunde.

»Wir kriegen sie nicht auf«, sagte Hörg und deutete mit der Pfote auf die Truhe. »Wir brauchen einen Stein oder etwas Ähnliches, damit wir den Deckel zerstören können.«

»Wäre ein Schlüssel nicht besser?«

»Natürlich wäre es das. Du hast nicht zufällig einen dabei?« Hörg rollte genervt die Augen und hätte seinen Freund für die dumme Bemerkung am liebsten gegen das Knie getreten.

»Den habe ich tatsächlich.«

»Was?«

»Ganz einfach, Hörg. Ich habe immer noch den Schlüssel, mit dem wir das Geheimfach in Wonibalts Abbild geöffnet haben. Vielleicht passt er ja auch hier.«

»Das glaubst du doch selbst nicht, oder?«

»Lass es uns versuchen.« Hilmer nahm den Schlüssel aus der Tasche, steckte ihn ins Schloss und schaute triumphierend in die verblüfften Gesichter seiner Freunde, als es ihm tatsächlich gelang, die Truhe zu öffnen.

»Es fällt mir wirklich schwer, das zu glauben«, sagte Henni kopfschüttelnd.

»Mir auch«, stimmte Hörg seinem Bruder zu. »Damit

haben wir jetzt aber den Beweis, dass Sören tatsächlich hier war. Die Truhe muss ihm gehören.«

Hörg war davon überzeugt, dass sie endlich am Ziel waren und die Statue der heiligen Rudolfa in der Kiste lag. Umso enttäuschter schaute er auf die Bücher, die zum Vorschein kamen, als Hilmer den Deckel aufklappte.

»Damit habe ich nun echt nicht gerechnet«, sagte Henni ärgerlich. »Jetzt übertreibt Sören wirklich.«

»Die Bücher hätte er genauso gut in seinen Räumen behalten können«, brummte Hörg. »Auch wenn sie deutlich älter zu sein scheinen, als alles, was in der Bibliothek des Schlosses vorhanden ist.«

»Es wird uns nichts anderes übrig bleiben, als uns die Wälzer anzuschauen«, sagte Hilmer. »Am besten tragt ihr sie nach draußen. Dort haben wir mehr Licht und es kann sich jeder ein Buch vornehmen.«

Henni und Hörg wussten, dass Widerspruch sinnlos war, und machten sich daran, den Vorschlag ihres Königs umzusetzen. Gemeinsam schleppten sie die Truhe, die ihnen nach wenigen Schritten deutlich schwerer vorkam, als sie es erwartet hätten, die Treppe hinauf nach oben.

»Hier geht es um die Zeit, in der meine Vorfahren Agar erbaut haben«, sagte Ingrid überrascht, nachdem sie sich als Erste ein Buch aus der Truhe genommen hatte. »Was hat euer Historiker mit der Geschichte meines Volkes zu tun?«

»Woher sollen wir das wissen, Liebes? Wir haben den Kerl ja auch nicht gekannt. Sören hätte sich aber bestimmt nicht die heilige Rudolfa unter den Nagel gerissen, wenn er sich nicht für euch Feldmäuse interessierte.«

»In meinem Buch geht es um die Erbauung von Agar«, berichtete Henni.

»In meinem auch«, sagte Hörg. »Hier ist ein Bild der

Statue.«

Die drei Lemminge sahen sich die Abbildung genauer an. Bisher hatten sie das Heiligtum der Feldmäuse noch nicht gesehen und konnten endlich einen Eindruck davon gewinnen, wie klein die heilige Rudolfa tatsächlich war. Hörg war fast ein bisschen enttäuscht, dass sie nicht länger war als sein Arm. Nach dem ganzen Theater hätte er erwartet, dass sie mindestens so groß wie eine echte Feldmaus wäre. Sie blätterten weiter und fanden Skizzen der Tempelanlage und einige Karten, deren Beschriftung sie aber nicht entziffern konnten. Weil die alten Gänge aber längst nicht mehr existierten, hätte es ihnen auch nichts genutzt, hätten sie die Schriften lesen können.

»Das ist ja alles sehr interessant«, sagte Henni nach einer Weile. »Wirklich weiter bringt uns das aber auch nicht. Wir können schlecht alle Bücher von Anfang bis Ende durchlesen. Außerdem glaube ich nicht, dass uns das bei der Suche hilft.«

»Es wird sicher nirgendwo stehen, wo Sören die Statue versteckt hat«, stimmte Hilmer seinem Freund zu. »Vielleich finden wir aber einen Hinweis, was die Feldmäuse in der Kammer verborgen hatten.«

»Aber auch dadurch finden wir die heilige Rudolfa nicht«, sagte Ingrid. »Streng genommen sind wir bisher noch kein Stück weitergekommen. Morgen früh wird Heidi eure Stadt angreifen. Wir sollten etwas tun, anstatt hier herumzusitzen und in den alten Büchern zu lesen. Ihr könnt meiner Herrin die Truhe als Bonus geben, wenn wir die Statue gefunden haben. Sie wird sicher eine Verwendung für die alten Schriften finden.«

»So schnell beißen die Käuze nicht«, entgegnete Hörg. »Auch wenn wir mit den Büchern nicht viel anfangen können, habe ich nicht vor, sie einfach an Heidi zu verschenken.«

»Was sollen wir sonst damit tun?«, fragte Hilmer.

»Konan wird bestimmt nichts damit anfangen können und mit nach Omega nehme ich den Kram auch nicht. Vielleicht können wir dafür einen Handel mit Heidi schließen.«

»Als Ersatz für unser Heiligtum, wird sie die Bücher nicht akzeptieren.«

»Es hat auch niemand gesagt, dass sie das soll«, entgegnete Hörg bissig.

»Ich habe hier vielleicht etwas«, rief Henni plötzlich und zog so die Aufmerksamkeit der anderen auf sich. »In diesem Buch ist ein Blatt Papier, das wesentlich neuer zu sein scheint als die anderen Schriften.«

»Lies mal vor«, forderte Hörg seinen Bruder auf.

»*Wenn ein Suchender diese Zeilen liest, weile ich vermutlich nicht mehr unter den Lebenden. Du bist nicht mehr weit von Deinem Ziel entfernt. Das Heiligtum ist näher, als Du denkst.*«

»Das muss ein Brief von Sören sein«, rief Hilmer aufgeregt dazwischen.

»Vermutlich«, stimmte Hörg seinem König zu. »Ich bin gespannt, ob er uns hilft. Lies weiter, Henni.«

»*Ich fürchte, dass der Zorn der Feldherrin sich inzwischen gegen mein Volk richtet. Dennoch musste ich ihr diese Lektion erteilen. Sicher hätte ich mein Wissen mit ihr teilen können. Aber sie ist noch nicht bereit dazu. Die Feldmäuse haben vergessen, wie viel ihre Heilige tatsächlich für sie getan hat. Es ist an der Zeit, sie daran zu erinnern.*

Wenn Du, lieber Suchender, Dein Ziel erreichst, überlege gut, was Du mit Deinem Wissen anfängst. Leider sind auch meine Artgenossen nicht in der Lage, das große Ganze zu begreifen. Ich hoffe, dass Du ähnlich denkst wie ich und die richtigen Schritte unternimmst.«

»Mehr steht da nicht?« Hörg sah seinen Bruder fragend an.

»Nein. Es gibt keinen Hinweis darauf, was wir als Nächstes tun sollen.«

»Dann bringt uns Sörens Brief auch nicht weiter«, sagte Hörg ärgerlich.

»Wir sollten noch einmal in die Kammer gehen«, schlug Hilmer vor.

»Was soll das nützen?«

»Vielleicht haben du und Henni ja etwas übersehen. So genau habt ihr den Raum ja nicht untersucht, oder?«

»Das mag sein. Die Truhe nehmen wir aber mit.«

Die Brüder trugen die Kiste zurück in die Kammer. Während die anderen sich die Wände des Raumes vornahmen, ging Hörg noch einmal zu der Stelle, wo die Truhe gestanden hatte. Als er sich zum Boden hinunterbeugte, nahm er plötzlich einen leichten Luftzug wahr.

»Hier ist etwas!«, rief er den anderen zu und begann mit den Pfoten, den Dreck auf dem Boden beiseitezuschieben.

28

»Ich habe doch gesagt, dass hier unten noch mehr sein muss«, sagte Hilmer, nachdem sie mit vereinten Kräften einen weiteren Gang freigelegt hatten.

»Das ist ja alles schön und gut. Ich glaube mittlerweile nur nicht mehr daran, dass wir die Statue der heiligen Rudolfa tatsächlich finden.«

»Warum nicht, Hörg? Sören hat doch extra einen Brief hinterlassen.«

»Es stand aber nichts wirklich Hilfreiches darin. Sören hat so viele Rätsel in seine Schatzsuche eingebaut, dass es an ein Wunder grenzt, dass wir diese Stelle überhaupt erreicht haben. Er wollte die Statue für immer verschwinden lassen. Egal, was am Ende dieses Ganges auf uns wartet. Es wird nicht die heilige Rudolfa sein.«

»Es gibt nur eine Möglichkeit, wie wir das herausfinden können«, sagte Hilmer und kroch zu Hörgs Überraschung als Erster in den Gang.

Sofort folgte Ingrid dem König. Hörg bildete nach seinem Bruder den Schluss. Der Gang war gerade groß genug, dass sie auf allen vier Pfoten hindurchkriechen konnten. Hörg dachte schaudernd daran, dass sie rückwärts würden zurückkriechen müssen, sollte der Tunnel enger werden oder gar eingestürzt sein. Diese Befürchtung bestätigte sich zu seiner Freude aber nicht. Irgendwann wurde der Gang breiter und auch höher, sodass sie sogar aufrecht gehen und ihre schmerzenden Knie entlasten konnten. An den Wänden waren nun weitere Malereien zu sehen, welche Feldmäuse in der unterirdischen Tempelstadt Agar zeigten. Staunend bekamen die vier so einen Eindruck davon, wie es damals tief unter der Erde zugegangen sein musste. Es waren Feldmäuse zu sehen, die mit Hammer und Meißel in den Gewölben arbeiteten. Andere Szenen zeigten Amazonen bei der Jagd oder im Krieg gegen Angreifer, welche Agar bedrohten.

Hörg musste anerkennen, dass Ingrids Vorfahren geniale Baumeister gewesen sein mussten. Selbst er fand es traurig, dass von Agar nicht mehr als ein paar Ruinen übrig geblieben sein konnten.

»Egal wohin uns dieser Weg auch führt«, unterbrach Hilmer das Schweigen. »Wir werden den Amazonen einiges zu berichten haben.«

»Aber nur, wenn wir hier auch wieder herauskommen«, sagte Henni. »Ich bin dafür, dass wir umkehren. Soll sich doch Heidi um die Erforschung der alten Tempelstadt kümmern.«

»Noch haben wir ihr nicht genug anzubieten«,

entgegnete Hilmer. »Ich bin mir sicher, dass Sören hier war. Vielleicht finden wir die Statue ja doch noch.«

»Das glaube ich nicht«, sagte Hörg und deutete nach vorn. »Es geht wieder einmal nicht weiter.«

Tatsächlich endete der Gang vor einer Felswand. Als die Vier näher herankamen, sahen sie am Boden eine mit Wasser gefüllte Mulde, deren Grund sie nicht erkennen konnten.

»Deine Vorfahren scheinen genauso viel Spaß an Geheimtüren und Suchspielchen gefunden zu haben wie dieser Sören.«

»Du weißt gar nichts, Hilmerkönig. Der Gang kann auch durch das Erdbeben eingestürzt sein.«

»Nein, Liebes. Dann wäre die Wand hier nicht so glatt.«

»Vielleicht war damals hier noch kein Wasser. Es kann doch sein, dass es da unten weitergeht.«

»Selbst wenn«, sagte Hörg. »Wir sind am Ende. Oder willst du vielleicht so tief tauchen, bis dir die Luft ausgeht, und dann ertrinken?«

»Das habe ich nicht gesagt«, gab Ingrid ärgerlich zurück. »Schau aber mal genauer hin. Zwischen dem Wasserspiegel und der Wand ist ein schmaler Spalt. Was auch immer dahinter liegt, ist nicht vollständig überflutet.«

»Es ist trotzdem zu riskant. Mein Bruder hat recht. Wir sollten umkehren.«

»Wollt ihr wirklich so leicht aufgeben?«, wies Hilmer seine Freunde zurecht. »Wir haben noch nicht einmal nachgesehen, wie tief das Wasser ist. Vielleicht können wir ja nach einem kurzen Stück wieder normal weiterlaufen. Einer von uns sollte zumindest ein Stück in den Gang hineintauchen.«

»Oh, nein«, sagte Hörg und schüttelte energisch den Kopf. »Ich weiß genau, wie das endet. Dieses Mal mache ich aber nicht mit. Weder ich noch mein Bruder werden diejenigen sein, die diesen Versuch unternehmen.«

»Das habe ich doch gar nicht gesagt.«

»Noch nicht. Aber spätestens bei der Frage, wem die Aufgabe zufallen soll, hättest du für dich und die Amazone die üblichen Ausreden vorgebracht. Vergiss es. Ich werde auf keinen Fall als Erster in dieses Wasser steigen und dann ertrinken, weil sich der Gang als Sackgasse erweist.«

»Das wird nicht passieren. Ich spüre einen Luftzug. Das bedeutet, dass es auf der anderen Seite weitergehen muss.«

»Ingrid hat recht«, sagte Henni zum Entsetzen seines Bruders.

»Musst du mir eigentlich immer in den Rücken fallen?«

»Nein, Hörg. Aber schau mal an der Wand. Da ist ein Pfeil.«

»Na und? Den haben die Feldmäuse dahin gemalt, als Agar noch existiert hat. Das beweist gar nichts.«

Hilmer ging zur Wand und schaute sich den Wegweiser, der direkt auf das Wasser zeigte, genauer an. »Die Farbe ist deutlich neuer als die der anderen Malereien. Ich vermute, dass Sören den Pfeil gezeichnet hat. Wenn das stimmt, hat Ingrid recht und wir müssen durch das Wasser.«

»Wir lassen uns seit fast drei Tagen von diesem verrückten Historiker an der Nase herumführen«, entgegnete Hörg. »Warum sollten wir ihm ausgerechnet jetzt vertrauen?«

»Weil uns seine Hinweise bis hierher geführt haben«, antwortete Hilmer.

»Ich versuche es als Erste«, sagte Ingrid.

»Bist du sicher, dass du das tun willst, Liebes?«

»Ja, das ist sie«, fauchte Hörg. »Wenn du willst, dass einer den Verlauf des Ganges erkundet, dann lass das jetzt die Feldmaus machen. Oder geh selbst.«

»Es gibt kein Grund, sich so aufzuregen«, sagte Hilmer.

»Ich bin die Ruhe selbst«, entgegnete Hörg und schaute seinen König böse an. Der kannte ihn lange genug, um zu wissen, dass er es in diesem Punkt bei seinem Freund nicht überziehen durfte.

Ingrid tauchte in das Wasser ab und war einen Moment später verschwunden.

»Hoffentlich geht das gut«, sagte Hilmer und schaute besorgt zur Grotte.

Hörg wollte die Spannung nicht weiter anheizen und verzichtete auf den Hinweis, dass der König selbst noch vor wenigen Augenblicken für diesen Plan gewesen war. Auch er selbst hoffte, dass er die Amazone bald gesund wiedersehen würde, auch wenn er das vor einem Tag nicht für möglich gehalten hätte. Langsam entwickelte er Sympathie für das streitlustige Weibchen.

»Könnt ihr mich hören?«, erklang plötzlich Ingrids Stimme. Sie klang zwar dumpf und ein bisschen verzerrt, aber es war eindeutig die Amazone, die von der anderen Seite der Wand aus gerufen hatte.

»Wir sind hier«, gab Hilmer zurück und atmete erleichtert auf. »Ist alles in Ordnung bei dir?«

»Ja. Ihr könnt rüber kommen. Es ist nicht weit.«

»Ich habe euch doch gesagt, dass es auf der anderen Seite weitergeht«, sagte der König triumphierend. »Wer ist der Nächste?«

»Ich.«

»Du?« Henni sah seinen Bruder überrascht an. »Seit wann gehst du freiwillig ins Wasser?«

»Wir müssen alle da durch. Es ist also völlig egal, ob ich vor oder nach euch auf die andere Seite tauche.«

»Dann lass dich nicht aufhalten.«

Hörg bereute es schon wieder, dass er sich so vorlaut gemeldet hatte, konnte jetzt aber keinen Rückzieher mehr machen. Henni und Hilmer würden ihn sonst bis zum Ende seiner Tage damit aufziehen. Ohne ein weiteres Wort ging er zur Grube, holte tief Luft und sprang hinein.

Beinahe hätte Hörg vor Schreck den Mund geöffnet, weil das Wasser noch kälter war als das der Thorne. Jetzt gab es aber kein Zurück mehr. So schnell er konnte, schwamm er unter der Wand hindurch. Dabei schaute er nach oben, damit er die Stelle, an der er auftauchen musste, nicht verpasste.

»Mit dir habe ich jetzt am allerwenigsten gerechnet«, begrüßte Ingrid den Lemming, nachdem er neben ihr aus dem Wasser geklettert war.

»Meine Euphorie ist mit mir durchgegangen«, antwortete Hörg grinsend. Seine Sicherheit war allerdings nur gespielt. Innerlich zitterte er am ganzen Körper und war froh, diesen Teil des Weges hinter sich zu haben. Zu seiner Überraschung brauchten sie hier ihre Lampen nicht. Hörg konnte sich zwar nicht erklären, woher das Licht kam, aber es war hell genug, um die Umgebung zumindest schemenhaft zu erkennen.

»Der Nächste kann kommen«, rief Ingrid und sie warteten gespannt, wer von beiden zuerst bei ihnen ankommen würde.

Es war Henni, der kurze Zeit später den Kopf aus dem Wasser streckte und herauskletterte. Hilmer wartete den Ruf der Amazone nicht ab und gesellte sich wenige Augenblicke später zu den anderen.

29

»Jetzt bin ich wirklich gespannt, wohin uns der Weg als Nächstes führen wird«, sagte Henni und wandte sich dann an die Amazone. »Kann dieser Teil der Höhle schon zu Agar gehört haben?«

»Möglich wäre das«, antwortete Ingrid. »Ich hätte zwar selbst in meinen kühnsten Träumen niemals damit gerechnet, dass überhaupt noch Überreste des Tempels existieren könnten, aber jetzt, wo wir hier stehen, beginne ich daran zu glauben.«

»Lasst uns weitergehen«, schlug Hilmer vor und übernahm die Führung.

Der Gang führte sie ein Stück geradeaus und machte dann eine Biegung. Als sie um die Ecke kamen, sahen die vier vor sich ein Licht.

»Deine Vorfahren müssen großartige Baumeister gewesen sein, Liebes. Es müsste hier unten stockdunkel sein. Stattdessen wird es immer heller, je weiter wir in diesen Bau vordringen. Es würde mich interessieren, wie sie das damals geschafft haben.«

»Hoffentlich kommen wir da nicht wieder ins Freie«, sagte Ingrid.

»Das glaube ich nicht«, meinte Henni. »Dafür sind wir jetzt schon zu tief im Berg. Wenn es einen Krater gäbe, der nach oben offen ist, würde man ihn von außen sehen und ihr hättet diese Höhle längst gefunden.«

Schweigend gingen sie weiter. Jeder von ihnen war gespannt, was sie dort zu sehen bekommen würden. Konnte es wirklich sein, dass die geheimnisvolle Tempelstadt Agar direkt vor ihren Pfoten lag?

»Ich werde irre.« Henni starrte staunend nach vorn, als sie das Ende des Ganges erreichten.

»Sagtest du nicht, Agar sei von einem Erdbeben zerstört worden.«

»Das dachte ich bisher auch, Hilmerkönig.«

»Du weißt gar nichts, Amazoneningrid«, sagte Hörg grinsend. »Wenn mich nicht alles täuscht, haben wir die Tempelstadt gerade gefunden. Zumindest einen Teil davon.«

In der Tat öffnete sich der Gang in einem riesigen

Gewölbe vor den Gefährten. Direkt vor ihnen ging es steil nach unten. Überall auf dem Boden waren Gesteinsbrocken zwischen Treppenstufen und Gebäuden verstreut. Die Decke lag weit über ihnen und bestand aus einer glatten Felsschicht. Vor ihnen befand sich eine Säule. Sie erstreckte sich über die komplette Höhe des Gewölbes und wurde von einer Wendeltreppe umrundet. Eine Hängebrücke führte von der Mitte dieses Turmes zu der Plattform, auf der die Lemminge und die Amazone standen.

»Bei der heiligen Rudolfa«, seufzte die Feldmaus. »Kann mich mal einer kneifen, sonst glaube ich das nicht.«

»Nichts lieber als das«, antwortete Hörg und zwickte Ingrid in den Oberarm.

»Bist du wahnsinnig? Was soll denn das?«

»Dir kann man es auch nicht recht machen«, gab Hörg zurück und setzte eine beleidigte Miene auf. Innerlich war er allerdings kurz davor, laut loszulachen.

»Sonst machst du auch nicht, was man dir sagt«, beschwerte sich die Amazone. »Das werde ich dir heimzahlen.«

»Dafür ist jetzt nicht der richtige Zeitpunkt«, wies Hilmer die Streitenden zurecht. »Wir müssen über die Hängebrücke auf die andere Seite und dann runter.«

»Vielleicht suchen wir lieber einen anderen Weg«, entgegnete Henni und warf einen prüfenden Blick auf die Holzplanken, die mit Tauen zur Brücke aneinander gebunden waren, die sich über die komplette Schlucht spannte. »Sieht mir nicht sehr vertrauenserweckend aus.«

»Du solltest es zuerst versuchen«, schlug Hörg vor. »Wenn die Brücke dein Gewicht aushält, schaffen wir es auch.«

»Das kannst du vergessen. Es gibt an den Seiten nicht einmal einen Handlauf, geschweige denn ein

Geländer. Besonders breit sind die Bretter auch nicht. Da kann ich mich ja gleich von hier aus in die Tiefe stürzen.«

»Ich sage es nur ungern, Henni. Aber dein Bruder hat recht. Der einzige Weg nach unten scheint über diese Hängebrücke zu führen. Das Holz ist trocken und sieht recht stabil aus. Du solltest es wirklich versuchen.«

»Nein, Hilmer. Nicht ohne eine Absicherung. Ich bin immer noch dafür umzukehren. Spätestens jetzt haben wir genug erreicht, um Heidi milde zu stimmen.«

»Das kommt überhaupt nicht infrage«, entgegnete Ingrid. »So kurz vor dem Ziel werde ich nicht umkehren.«

»Ich auch nicht«, zerstörte Hilmer Hörgs Hoffnung, dass ihre Suche hier zu Ende war. Genau wie sein Bruder hatte er nicht wirklich das Bedürfnis, das Wagnis über die Brücke zu laufen einzugehen. Er wusste aber auch, dass ihnen letztlich nichts anderes übrig bleiben würde, als ihrem König und der Amazone zu folgen, die wieder einmal ihren Willen bekommen würden.

»Henni geht als Letzter«, entschied Hilmer.

»Warum das?«

»Weil du tatsächlich der Schwerste von uns bist. Du musst jetzt auch nicht den Beleidigten spielen. Die Brücke ist sehr alt und wir wissen nicht, ob sie überhaupt einen von uns aushält.«

»Heißt das dann im Umkehrschluss, dass der Leichteste von uns es als Erster versucht?«, fragte Hörg.

»Nein«, antwortete Hilmer.

»Warum habe ich mir das bereits gedacht? Du willst sicher auch nicht selbst den Anfang machen?«

»Nein.«

»Hast du auch eine Begründung dafür, oder soll ich raten?«

»Auch wenn du das nicht einsehen willst«, sagte Hilmer. »Ingrid ist die einzige Feldmaus und wir würden sicher großen Ärger mit Heidi bekommen, wenn ihr etwas zustößt. Da wird sie sich auch nicht durch die Tatsache besänftigen lassen, dass wir Agar gefunden haben.«

»Und warum genau gehst du nicht als Erster?«

»Weil wir nicht riskieren dürfen, dass unser Volk ohne König dasteht. Nicht, nachdem vor so kurzer Zeit die Gesetze geändert worden sind.«

»Das hast du dir ja wirklich wieder sehr schön ausgedacht. Was aber, wenn ich keine Lust habe, über diese wackeligen Bretter zu laufen?«

»Willst du wirklich, dass ich dir den Befehl dazu gebe?«

»So weit würdest du also tatsächlich gehen? Schlimm, was die Amazone aus dir gemacht hat. Wirklich schlimm.« Hörg warf Hilmer einen verächtlichen Blick zu und ging zur Brücke. Er sah ein, dass es gute Gründe gab, warum weder der König noch Ingrid zuerst einen Versuch wagen konnten. Aber sie hätten umkehren können. Ohne die entsprechende Ausrüstung war es Wahnsinn, was sie nun vorhatten. Dies hätte sicher auch Heidi eingesehen. Selbst Konan hätte ohne Absicherung vermutlich keinen seiner Soldaten auf die andere Seite geschickt.

Mit wackeligen Knien ging Hörg auf die Hängebrücke zu, bückte sich und betastete prüfend die Holzplanken. Die schienen ihm wider Erwarten durchaus stabil genug zu sein, das Gewicht eines Lemmings zu tragen, und lagen so dicht zusammen, dass man darüberlaufen konnte, ohne springen zu müssen. Dennoch hatte Hörg Angst davor, nur eine Pfote auf die Brücke zu setzen. Es gab kein Geländer und auch sonst nichts, wo er hätte Halt finden können. Er warf Henni, der ihm aufmunternd zunickte, noch einen letzten Blick zu, ging auf alle viere und setzte eine erste Pfote auf die Planke.

Sofort begann der Untergrund unter Hörg, zu schwanken. Als er komplett auf der Brücke war, spürte er bereits, wie sie sich ein Stückchen nach unten durchbog. Wieder verfluchte er seinen König innerlich, dass er ihn zu diesem Irrsinn zwang. Hilmer, Henni und Ingrid schauten nur schweigend zu, wie sich Hörg von Planke zu Planke vorarbeitete. Wenn er die Pfote auf das nächste Holz setzte, verstärkte er den Druck nur ganz leicht und achtete dabei auf jedes Geräusch. Die Brücke schien sein Gewicht zwar gut zu tragen, aber er wollte kein Risiko eingehen. Vor sich konnte Hörg sehen, wie sein Ziel immer näher kam. Wenn auch langsam. Einen Blick zurück wagte er nicht und versuchte, nicht zu oft nach unten zu schauen. Er wusste auch so, dass er einen Absturz nicht überleben konnte.

Mit jedem Schritt bog sich die Hängebrücke ein Stückchen weiter durch. Dadurch wurde der Weg für Hörg steiler. Er konnte nur froh sein, dass das Holz trocken und damit nicht rutschig war. Auch dankte er den Feldmäusen, dass sie diesen Bau unterirdisch angelegt hatten und die Brücke so nicht auch noch dem Wind ausgesetzt war. An eine Schneeeule, die ihn mühelos mit ihrem Schnabel von den Planken pflücken konnte, wollte Hörg erst gar nicht denken.

Der Lemming konnte nicht sagen, wie viel Zeit vergangen war, als er endlich die Mitte der Brücke und damit den tiefsten Punkt erreichte.

»Ist alles in Ordnung bei dir?«, fragte Hilmer aus der Ferne.

Hörg antwortete nicht. Er hatte genug damit zu tun, sein Gleichgewicht zu halten. Der Weg aufwärts fiel ihm etwas leichter und er kam nun schneller voran. Vor ihm kam der Turm immer näher.

»Nun sag schon irgendetwas.«

»Ich habe gerade nicht so viel Zeit. Wenn dir langweilig ist, unterhalte dich mit Ingrid.«

»Also ist alles in Ordnung mit dir. Sehr gut. Du hast es fast geschafft.«

Ja. Und dann bist du dran, dachte Hörg, der sich jetzt schon darauf freute zu beobachten, wie sich sein König auf der Brücke schlagen würde. Auch wenn er es eilig hatte, an sein Ziel zu gelangen, blieb Hörg auch auf den letzten Metern vorsichtig. Er konnte den Turm jetzt direkt vor sich sehen und erkannte, dass es von der Wendeltreppe aus mehrere Einstiege gab. Einer lag direkt am Ende der Brücke. Er würde also nicht auf den schmalen Steinstufen auf die anderen warten müssen.

Endlich konnte Hörg die erste Pfote auf die Treppe setzen und verließ die Hängebrücke hastig. Sein ganzer Körper zitterte nach der Anspannung und der Lemming hatte das Gefühl, seine Knie würden glühen. Erleichtert kroch er in den Turm und winkte seinen Gefährten von dort aus zu.

Ingrid ging gleich los und tat dabei so, als würde es ihr nicht das Geringste ausmachen, über die Planken zu kriechen. Hörg war aber überzeugt, dass auch die Amazone innerlich längst nicht so selbstsicher war, wie sie den Lemmingen gegenüber tat. Ohne Probleme – und deutlich schneller als er selbst - schaffte es die Feldmaus, auf die andere Seite zu kommen.

Danach folgte Hilmer. Der König brauchte etwa genauso lange wie Hörg und kam mit einem blassen, verschwitzten Gesicht bei Ingrid und seinem Freund an.

Blieb Henni.

»Du schaffst das!«, schrie Hörg und versuchte damit, seinem Bruder Mut zu machen. Selbst aus der Entfernung konnte er aber sein Zittern erkennen.

»Nun mach schon!«, rief nun auch Hilmer. »Es ist bei Weitem nicht so schlimm, wie es aussieht.«

»Ihr habt gut reden«, gab Henni zurück. »Ihr habt es bereits hinter euch.«

»Wir drei hatten keine Probleme!«, rief Hörg. »Du musst eben vorsichtig sein und darfst nicht in Panik verfallen. Die Brücke wird halten.«

Sofort, als Henni mit allen vier Pfoten auf den Planken war, begann die Hängebrücke leicht zu schwanken. Das verstärkte sich mit jedem Meter, den der Lemming näher an den tiefsten Punkt herankam. Hörg beobachtete seinen Bruder besorgt. Er schien es sehr eilig zu haben und kroch deutlich schneller als die anderen vor ihm.

Plötzlich war ein hässliches Knacken zu hören und eine der Planken brach unter Henni weg. Der konnte sich gerade eben noch nach vorn retten und hockte danach wie erstarrt auf der Brücke.

»Du musst ein bisschen besser aufpassen!«, rief Hörg seinem Bruder zu.

»Was du nicht sagst.«

»Kriech jetzt weiter. Aber mach ein bisschen langsamer. Die Hälfte hast du fast hinter dir.« Hörg wusste, dass sich alles in Henni dagegen wehrte, den Weg fortzusetzen. Jetzt war es aber zu spät. Umkehren konnte sein Bruder nicht mehr und auf den Planken hocken bleiben schon gar nicht.

Auch Hilmer und Ingrid beobachteten mit wachsendem Entsetzen, wie sich Henni auf der Brücke quälte. Der nahm noch einmal seinen ganzen Mut zusammen und kroch langsam weiter.

Hörg merkte, wie er sich langsam wieder entspannte. Sein Bruder hatte inzwischen den größten Teil der Strecke zurückgelegt und würde den Rest sicherlich auch noch schaffen. Dann passierte es.

Gleichzeitig brachen zwei der Holzplanken unter dem

Lemming weg, sodass er den Boden unter den Pfoten verlor. Im letzten Moment gelang es Henni, sich an der nächsten Bohle festzuhalten.

»Ich komme!«, schrie Hörg und dachte nicht darüber nach, dass er mit seinem Bruder gemeinsam abstürzen würde, wenn die Brücke das Gewicht von ihnen beiden nicht tragen könnte.

Henni hielt sich weiter verzweifelt fest. Er hing mit dem Körper unter der Brücke und hatte keine Chance, sich aus eigener Kraft wieder zurück auf die Planken zu ziehen. »Beeil dich«, zischte er und sah Hörg voller Panik an. »Ich kann mich nicht mehr lange halten.«

»Ich bin gleich bei dir! Beweg dich nicht, sonst fallen wir beide runter.«

Hilmer und Ingrid schrien den Brüdern irgendetwas zu, doch keiner der beiden achtete darauf.

Endlich kam Hörg so nahe an Henni heran, dass er dessen Pfote greifen konnte. Er zog mit aller Kraft und hatte das Gefühl, dass ihm die Arme aus dem Körper gerissen wurden.

»Häng nicht so herum und hilf mir ein bisschen.«

Henni versuchte, seinen Bruder mit der zweiten Pfote zu unterstützen, und es gelang ihm schließlich, nach der Planke vor ihm zu greifen. Von da an ging es leichter. Mit vereinten Kräften schafften sie es, Hennis Oberkörper auf das Holz zu ziehen.

»Den Rest schaffe ich allein. Geh zurück, bevor wir doch noch beide abstürzen.«

»Aber sei vorsichtig.«

Zunächst musste Hörg sich auf der schmalen Hängebrücke umdrehen. Er stellte die Vorder- und Hinterpfoten so dicht zusammen, wie er konnte, und drehte sich dann mit kleinen Schrittchen im Halbkreis. Henni bewegte sich während des Balanceakts seines Bruders nicht. Trotzdem schwankte die Brücke beträchtlich und Hörg wäre fast das Herz stehen geblieben, als das Holz unter ihm knackte. Er war schweißgebadet, als er endlich in der richtigen Richtung auf den Planken saß. Den Rückweg zu Hilmer und Ingrid schaffte er ohne Probleme und ließ sich ächzend neben ihnen auf den Boden fallen.

»Du kannst jetzt rüber kommen«, rief Hilmer seinem Berater zu, der immer noch regungslos auf der Brücke kauerte.

Henni bewegte sich langsam die letzte Strecke auf den Turm zu. Als er es fast geschafft hatte, ergriffen Ingrid und Hilmer je eine Pfote ihres Gefährten und zogen ihn auf die Treppe. Henni blieb schwer atmend auf dem Steinboden liegen und schaute seine Helfer dankbar an.

»Ich habe dir gesagt, dass es viel zu gefährlich ist, über diese Brücke zu gehen«, warf Hörg seinem König vor.

»Wir haben es doch geschafft«, entgegnete Hilmer.

»Zurück können wir auf diesem Weg aber nicht. Wir müssen uns einen anderen Ausgang suchen.«

30

Obwohl sie alle gespannt waren, was Agar noch an Überraschungen zu bieten hatte, gönnten sich die Vier eine Pause. Henni zitterte noch immer am ganzen Körper und es dauerte eine halbe Stunde, bis er es war, der den Vorschlag machte weiterzugehen.

Aus dem Raum im Turm führte kein Weg nach unten, sodass sie die Wendeltreppe an der Außenwand nutzen mussten. Hintereinander gingen sie die schmalen Stufen hinab und Henni atmete erleichtert auf, als sie nach einer gefühlten Ewigkeit endlich unten ankamen und somit festen Boden unter den Pfoten hatten. Er war überzeugt davon, dass es noch einen anderen Weg aus Agar heraus geben musste und deshalb kein bisschen böse, dass sie nicht mehr über die Hängebrücke gehen konnten.

Noch immer war es in dem riesigen Gewölbe hell genug und die Gefährten konnten auf ihre Lampen verzichten. Henni vermutete deshalb, dass auch im Freien die Nacht noch nicht angebrochen war. Es würde aber bestimmt nicht mehr lange dauern, bis es hier unten dunkel wurde.

Hilmer und Ingrid übernahmen gemeinsam die Führung und die königlichen Berater folgten mit kurzem Abstand. Immer wieder mussten sie Felsbrocken umrunden, die durch das Erdbeben heruntergestürzt waren. Sie beschritten einen Weg zwischen teilweise zerstörten Steinbauten hindurch.

»Das müssen die Unterkünfte der Kriegerinnen gewesen sein«, vermutete Ingrid. »Das würde bedeuten, dass wir nicht mehr sehr weit vom eigentlichen Tempel entfernt sein können.«

»Ich verstehe nur nicht, warum sich deine Vorfahren die Mühe gemacht haben, ein so großes Gewölbe anzulegen«, sagte Hilmer. »Es muss eine Ewigkeit gedauert haben, das alles hier aus dem Stein zu hauen.«

»Vielleicht gab es den Hohlraum schon vorher und die Feldmäuse haben ihn lediglich für ihre Zwecke umgebaut«, sagte Henni, der sich schon die ganze Zeit Gedanken über diese Frage gemacht hatte.

Die Gefährten gingen weiter auf die Felswand zu, die auf der anderen Seite des Gewölbes lag. Sie hatten beschlossen, einmal an ihr entlangzulaufen, sollten sie dort nichts finden. Plötzlich hörten sie vor sich ein Plätschern. Vorsichtig gingen sie weiter in die Richtung, aus der sie das Geräusch vermuteten.

»Schon wieder Wasser«, schnaubte Hörg, als sie an einen unterirdischen Fluss kamen.

»Kann das die Thorne sein?«

»Nein, Hilmerkönig. Der Fluss verläuft komplett überirdisch. Ich denke, wir sind auf einen Nebenarm gestoßen, der möglicherweise in der Schlucht in die Thorne mündet.«

»Dann wäre das ein Weg hier heraus«, sagte Hilmer.

»Du willst nicht wirklich in den Fluss springen und darauf vertrauen, dass er uns ins Freie führt?«, sagte Hörg entsetzt.

»Das müssen wir ja nicht. Wir gehen einfach am Ufer entlang.«

»Von wegen einfach«, sagte Henni. »Auch wenn hier Platz genug ist, irgendwann wird es wieder eine Stelle geben, an der wir schwimmen müssen. Der Ausgang muss sehr versteckt liegen, wenn ihn bisher weder die Feldmäuse noch die Nordlemminge gefunden haben. Wenn der Fluss durch eine enge Höhle führt und unterirdisch in die Thorne mündet, werden wir jämmerlich ersaufen.«

»Hast du einen besseren Vorschlag?«, sagte Hilmer und sah seinen Berater herausfordernd an.

»Wir suchen weiter. Ich bin nicht fast zu Tode gestürzt, um hierher zu kommen, damit ich dann ertrinken kann.«

»Henni hat recht«, sagte Hörg. »Jetzt, wo wir schon einmal hier sind, können wir uns noch ein wenig umsehen. Vielleicht finden wir ja doch einen anderen Ausgang. Und wenn nicht, haben wir immer noch den Fluss.«

»Einverstanden«, sagte Hilmer.

Die Vier gingen zurück zum Hauptweg, von dem aus sie das Plätschern des Wassers gehört hatten, und folgten dem weiteren Verlauf.

Henni sah immer wieder nach oben zur Decke. Bisher hatten sie kein anderes Lebewesen gesehen. Das bedeutete allerdings nicht, dass auch keine da waren. Für einen Vogel wäre es sicher leichter, einen Weg in die unterirdische Stadt zu finden. Auch konnte keiner wissen, ob nicht irgendetwas aus der alten Zeit überlebt hatte.

Die Gefährten kamen an eine Stelle, wo zwei dicke Felsbrocken den weiteren Weg versperrten. Links oder rechts vorbeigehen konnten sie nicht, weil zwei größere Bauten direkt an der Straße errichtet waren.

»Jetzt werden wir wohl klettern müssen«, sagte Ingrid und zuckte mit den Achseln.

»Wie stellst du dir das denn vor, Liebes? Die Wände sind zu glatt und geben uns keinen Halt. Außer dem Bogen und den Lampen haben wir keine Hilfsmittel. Wir können da nicht hoch.«

»Dann gehen wir eben wieder ein Stück zurück, bis wir eine Stelle finden, von der aus wir die Brocken umrunden können.«

Henni konnte deutlich spüren, dass trotz der Spannung und der Freude über den sensationellen Fund auch Ingrids Laune langsam schlechter wurde. Genau wie die drei Lemminge musste die Amazone völlig erschöpft sein. Wenigstens hatten sie noch genug zu essen und Henni schlug daher vor, eine kleine Pause zu machen. Mit vollem Magen würde sicher auch die Stimmung in der Gruppe wieder ansteigen.

Tatsächlich fühlte sich zumindest Henni deutlich besser, nachdem sie eine ausgiebige Mahlzeit eingenommen hatten. Dank Elli würden sie hier unten wenigstens nicht so schnell verhungern.

»Also gut«, sagte Hilmer schließlich. »Gehen wir ein Stück zurück und umrunden die Felsen.«

Keiner der anderen widersprach und der König führte sie den Weg entlang, den sie gekommen waren. Es stellte sich als nicht so einfach heraus, von der Straße hinunterzukommen. Die Bauten der Feldmäuse standen hier dicht an dicht, und wenn es einmal eine Lücke gab, war diese durch hinabgestürzte Steinbrocken versperrt.

Endlich fanden die Gefährten eine Treppe, die zwischen zwei Wänden nach oben auf die Bauten führte.

»Meinst du, wir kommen dort weiter?«, fragte Hörg skeptisch.

»Es gibt nur eine Möglichkeit, das herauszufinden«, antwortete Hilmer und ging vor.

Auf den Steindächern konnten sie ein Stück in die Richtung laufen, in die auch die Straße führte, gelangten dann aber an einen Hang aus Felsen und Geröll.

»Hier können wir hochklettern«, sagte Ingrid, ging vor und nahm den Lemmingen damit die Chance zu widersprechen.

Hilmer folgte der Amazone wie gewöhnlich auf die Pfote und die beiden hatten den höchsten Punkt fast erreicht, als Henni und Hörg endlich beschlossen, ihnen zu folgen. Auch wenn sie achtgeben mussten, nicht auf einen spitzen Stein zu treten, gestaltete sich der Aufstieg zunächst leichter, als es die beiden erwartet hatten. Je höher sie allerdings kamen, umso steiler wurde es.

»Pass auf!«, schrie Henni seinem Bruder zu und warf sich zur Seite. Er hatte keine Sekunde zu früh reagiert und schaute entsetzt auf die Steinlawine, die zwischen ihm und seinem Bruder nach unten rollte. Beinahe wäre er von einem der Brocken am Kopf getroffen worden.

»Kannst du nicht ein bisschen aufpassen, wohin du trittst?«, fragte Henni und schaute Hilmer, der neben ihm zu liegen gekommen war, vorwurfsvoll an.

»Der Herr König guckt lieber der Feldmaus auf den Arsch als dahin, wohin er seine Pfoten setzt«, bemerkte Hörg ärgerlich. Auch er wäre beinahe von den Steinen nach unten gerissen worden.

»Euch ist schon klar, dass ich nicht den Hang hinunterrutschen wollte, oder?«

»Kommt ihr jetzt?«, rief Ingrid von oben. »Ich glaube, ich habe den Eingang zum Tempel gefunden.«

»Ich dachte, da wären wir schon längst«, gab Henni zurück.

»Wir sind in Agar«, betonte die Amazone. »Der Altar, den meine Vorfahren der heiligen Rudolfa geweiht haben, steht im Haupttempel. Ich kann ein Tor sehen. Das könnte der Weg dorthin sein.«

»Warte auf uns, Liebes! Wir sind gleich da.«

Von da an stiegen die drei Lemminge den Hang nebeneinander hinauf, damit keiner den anderen mitreisen konnte, wenn er stürzte. Als sie Ingrid erreichten, wies die mit der Pfote nach vorn. Sie sahen ein hölzernes Tor mit zwei Flügeln, das hoch genug war, um drei Feldmäuse übereinander hindurch zu lassen und genauso breit. Wieder stellte Henni fest, dass Rudolfa damals in übertriebenen Dimensionen gedacht haben musste. Alles hätte viel kleiner sein können, sah man einmal von den Unterkünften für die Amazonen ab.

Vorsichtig stiegen die Gefährten auf der Rückseite des Hügels den Hang hinunter. Wieder mussten sie achtgeben, dass der Untergrund nichts ins Rutschen kam und sie abstürzten. Unten angekommen, klopften sie sich den Staub aus dem Fell und wandten sich dem Tor zu.

»Wenn es dahinter wirklich noch etwas gibt, könnte mein Volk diesem Sören fast dankbar sein. Ohne seine Tat hätten wir Agar wohl niemals gefunden. Natürlich hätte er uns sofort über seinen Fund informieren müssen. Allein dafür, dass er das nicht getan hat, hätte er eine Strafe verdient.«

»Sören ist tot«, wies Hörg Ingrid darauf hin, dass es für den Historiker selbst keine Rolle mehr spielte, ob er nun als Freund oder Feind der Feldmäuse angesehen wurde.

Ehrfürchtig näherte sich die Gruppe dem hölzernen Tor. Sollten sie in wenigen Augenblicken wirklich einen Teil der Geschichte der Feldmäuse wieder entdecken? Mit jedem Schritt, den sie näher herankamen, wurde Ingrid schneller. Hilmer sah, wie eine Steinplatte unter ihren Pfoten ein wenig tiefer in den Boden sank, sprang vor und riss die Amazone mit einem gewaltigen Ruck zurück. Beide landeten auf dem Boden und starrten entsetzt auf die zwei Beile, die an langen Stangen direkt vor ihnen über Kreuz von rechts nach links schwangen.

»Das war knapp«, sagte Henni und atmete tief durch.

»Einen Schritt weiter und die Feldmaus wäre einen Kopf kürzer gewesen.« Hörg ging zu seinem König und reichte ihm die Pfote, die dieser dankbar ergriff, um sich hochziehen zu lassen.

»Das hättest du jetzt auch ein bisschen freundlicher formulieren können.«

»So ist er eben, Hilmerkönig«, sagte Ingrid und stand ebenfalls auf. »Ich muss aber zugeben, dass dein Freund recht hat. Du hast mir das Leben gerettet.« Die Amazone ging zu Hilmer, drückte ihn fest an sich und gab ihm unter den staunenden Blicken der beiden Brüder einen dicken Kuss auf die Wange.

»Aus euch könnte ein richtig niedliches Paar werden«, sagte Hörg lachend. »Nur möchte ich mir nicht vorstellen, wie dann eure Nachkommen aussehen würden.«

»So weit wird es niemals kommen«, entgegnete Ingrid ernst und löste sich von Hilmer, der die Umarmung sichtlich genossen hatte.

Die Beile schwangen noch immer hin und her, verloren

aber langsam an Höhe.

»Ich hoffe, dass wir nicht noch mehr an solchen Überraschungen erleben«, sagte Henni und betrachtete die Falle schaudernd.

»Lasst uns schauen, was hinter dem Tor liegt.« Hörg ging an den Beilen vorbei, die nun am Auspendeln waren. Dann lief er zu der überdimensionierten Tür und drückte die Klinke nach unten. Tatsächlich ließ sich der mächtige Flügel ein Stück ziehen. Allerdings nicht so weit, dass die vier durch den Spalt gepasst hätten. »Nun helft mir doch endlich!«

Mit vereinten Kräften zogen sie an der Torhälfte und schafften es mit Mühe, sie weit genug zu öffnen. Gleich würden sie sehen, was von dem historischen Tempel der Feldmäuse übrig geblieben war. Sie gingen hinein und kamen aus dem Staunen nicht mehr heraus.

31

Der Tempel, den die heilige Rudolfa vor vielen Generationen in Agar erschaffen hatte, existierte noch und zeigte sich den vier Gefährten in seiner ganzen Pracht.

Es war um einiges heller als in dem Gewölbe, aus dem sie kamen, und die Lichtstrahlen blendeten Henni zunächst. Als er sich daran gewöhnt hatte, ließ er seinen Blick durch die Anlage gleiten. Die mit Malereien verzierte Decke wurde von viereckigen Säulen gehalten, die so dick waren, dass keiner von ihnen sie hätte, mit beiden Armen umfassen können. Oben liefen sie trichterförmig auseinander, sodass der riesige Raum den Eindruck erweckte, aus mehreren Kammern zu bestehen. An der gegenüberliegenden Seite befand sich ein Altar, der genau wie der Boden mit einer dicken Staubschicht bedeckt war. Davor standen mehrere Reihen mit Holzbänken.

»Ich kann das einfach nicht glauben.« Ingrid konnte ihren Mund vor Staunen nicht mehr schließen. »In den alten Überlieferungen heißt es eindeutig, dass die komplette Tempelstadt zerstört wurde. Was wir hier sehen, dürfte es gar nicht mehr geben.«

»Vielleicht hat man die Geschichte ein wenig abgeändert, um Agar vor Eindringlingen zu schützen«, vermutete Hörg.

»Aber wozu? Warum haben meine Vorfahren diesen Ort verlassen, wenn sie nicht dazu gezwungen waren?«

»Die einzige halbwegs logische Erklärung ist, dass damals alles hier unten überflutet worden ist«, sagte Henni. »Das würde vielleicht auch die Schäden im großen Gewölbe erklären.«

»So unglaublich es klingen mag, vielleicht hast du sogar recht. Heidi wird völlig außer sich sein, wenn sie das hier sieht. Ihr drei werdet nichts mehr von ihr zu befürchten haben.«

»Was ist mit Delta?«

»Ich kann es dir nicht sagen, Hilmerkönig. Noch ist die Statue verschwunden. Darauf verzichten wollen, wird Heidi sicher nicht.«

»Da vorn ist ein weiterer Raum«, sagte Hörg. »Lasst uns nachsehen, was wir dort finden.«

Als sie näher an die andere Seite herankamen, erkannten sie, dass der weitere Weg mit einem Gitter versperrt war. Ingrid konnte jetzt ihre Neugierde nicht mehr bremsen und rannte darauf zu. Hinter der Absperrung lag eine kleine Kammer, in deren Mitte ein Sarkophag stand. Die Amazone ging auf die Knie und faltete die Pfoten.

»Kann das die letzte Ruhestätte dieser Rudolfa sein?«, fragte Henni leise. In Anbetracht der Tragweite ihres Fundes hielt er es für angemessen, die Stimme zu senken.

»Wenn das so ist, werden die Feldmäuse vor Freude durchdrehen«, antwortete Hörg. »Schau dir Ingrid an. Die ist völlig weggetreten.«

Die Amazone saß noch immer mit gefalteten Pfoten auf den Knien und starrte auf den Sarkophag. Ihre Umgebung schien sie überhaupt nicht mehr wahrzunehmen.

Während Hilmer unschlüssig neben der Feldmaus stehen blieb, nutzten Henni und Hörg die Zeit, um sich den Tempel genauer anzuschauen. Sie gingen zum Altar und blickten zu den leeren Bänken hinunter.

»Irgendetwas fehlt hier noch«, sagte Hörg und drehte sich zur Wand um.

»Wie meinst du das?«

»Naja. Auf der linken Seite haben wir die letzte Ruhestätte der großen Rudolfa. Rechts ist gar nichts. Noch nicht einmal ein Bild oder so etwas.«

»Das stimmt nicht«, widersprach Henni. »Schau mal genauer hin.« Er ging zur Wand und fuhr mit der Pfote an ihr entlang. Anstelle von Stein fühlte er einen weichen Untergrund, der sich nach hinten wegdrücken ließ. »Das ist ein Vorhang.«

»Ich glaube, ich weiß, was sich dahinter verbirgt«, sagte Hörg, tastete nach dem Ende des Stoffes und zog ihn zur Seite.

Zum Vorschein kam die heilige Rudolfa.

Die Statue stand auf einem Marmorsockel und sah genauso aus, wie sie auch in dem Buch abgebildet war. Für Henni bestand kein Zweifel daran, dass sie das Heiligtum der Feldmäuse gefunden hatten. Ihre Mission war also am Ende doch noch erfolgreich.

»Das müsst ihr euch ansehen!«, rief Hörg Ingrid und seinem König zu.

»Was ist denn?«, wollte Hilmer wissen.

»Komm her und schau selbst! Wir haben die Statue

gefunden!«

»Ihr habt was?« Ingrid sprang auf und rannte zu den Brüdern auf die andere Seite des Tempels. Vor dem Heiligtum warf sie sich erneut auf die Knie und betete.

»Das wird langsam zu einer eigenartigen Angewohnheit«, witzelte Hörg. »Wenn die Kleine so weitermacht, sitzen wir morgen noch hier und Heidi fällt doch über Delta her.«

»Wir sollten uns wirklich auf den Rückweg machen«, sagte Henni. »Es wird langsam dunkler und das kann nur bedeuten, dass es Abend wird. Wenn wir pünktlich bei der Amazonenfürstin sein wollen, haben wir nicht mehr viel Zeit.«

»Nehmen wir die Steinfigur mit?«, fragte Hörg.

»Nein«, entschied Ingrid und stand endlich auf. »Ich weiß nicht, was euren verrückten Historiker dazu bewegt hat, die Statue hierher zu bringen. Aber dies ist der Ort, an den sie gehört. Ich werde nicht riskieren, dass wir sie beim Transport beschädigen.«

»Was willst du dann deiner Chefin sagen?«

»Ganz einfach, Hörg. Wir werden sie überzeugen, mit uns hierher zu kommen.«

»Wird sie das denn tun?«

»Oh ja. Wenn sie hört, was wir hier gefunden haben, wird sie uns auch folgen.«

»Eines verstehe ich aber immer noch nicht«, sagte Henni. »Sören hat mit dem Raub der Statue einen Krieg angezettelt. Auf der anderen Seite muss ihm aber viel am Volk der Feldmäuse gelegen haben.«

»Wie kommst du darauf?«

»Ganz einfach, Hilmer. Sören hat uns mit seinen Hinweisen hierhergeführt. Auch wenn wir manchmal Glück hatten, den richtigen Weg zu finden, für jemanden, der den Historiker gekannt hat, wäre das sicher einfacher gewesen.«

»Du meinst Gunnar?«

»Ja, Hilmer. Dumm nur, dass der erst gar nicht versucht hat, die Statue zu finden.«

»Vielleicht wusste er ja, wo Rudolfa versteckt war.»

»Ganz aufklären werden wir das sicher nie mehr«, sagte Henni. »Sören und Gunnar sind tot und ich glaube nicht, dass Denise mehr weiß, als sie uns bisher gesagt hat.«

»Es ist ja auch nicht mehr wichtig, warum der Kerl die Statue gestohlen hat«, sagte Hilmer. »Die Hauptsache ist doch, dass wir den Krieg jetzt beenden können. Lasst uns gehen, bevor es ganz dunkel wird.«

32

Als sie wieder in das große Gewölbe kamen, mussten die vier ihre Lampen entzünden. Sie gingen zum Fluss und folgten seinem Verlauf. Trotz der guten Stimmung ob ihres sensationellen Fundes waren sie so müde, dass sie kaum noch laufen konnten. Die letzten Tage hatten doch stark an ihren Kräften gezehrt. Selbst Ingrid war die Erschöpfung nun deutlich anzusehen.

»Ich hoffe, dass uns der Fluss wirklich ins Freie führt«, sagte Hörg, der noch immer skeptisch war und lieber nach einem anderen Weg gesucht hätte. Er sah aber ein, dass sie dafür keine Zeit mehr hatten.

»Er wird in die Thorne münden«, antwortete Ingrid. »Eine andere Möglichkeit gibt es nicht. Es gibt hier unten keinen See und irgendwo muss das Wasser ja hin.«

»Heute würde ich mich über gar nichts mehr wundern.«

»Sei nicht so ein Miesmacher!«, wies Hilmer seinen Freund zurecht. »Du wirst schon sehen, in ein paar Minuten sind wir draußen und atmen endlich wieder frische Luft.«

»Oder wir trinken sehr viel Wasser.«

»Gleich wissen wir mehr«, sagte Henni und deutete nach vorn.

Der Fluss verschwand in einer Öffnung in der Felswand, die aber nicht komplett vom Wasser ausgefüllt war. Lediglich an den Seiten war nicht mehr genug Platz, um dort weiterzulaufen.

»Also wollt ihr jetzt wirklich schwimmen?«

»Das müssen wir gar nicht, Hörg«, antwortete Henni. »Da ist ein Boot.«

»Das letzte Mal kam das auf das Gleiche heraus.«

»Dieses Mal wird unser König aber seine Finger bei sich lassen. Nicht wahr, Hilmer?«

»Ja, Henni. Ich werde mich ganz ruhig verhalten und euch lediglich den Weg ausleuchten, damit ihr seht, wohin ihr rudert.«

»Womit haben wir diese Großzügigkeit verdient?«, fragte Hörg spöttisch. Er ging zu einem Pflock und band die Leine los, mit der das Boot dort befestigt war. Die Brüder nahmen die Ruderplätze ein, Hilmer und Ingrid setzten sich hinten auf die Bank.

Zu Hörgs Überraschung kamen sie mit dem Boot gut voran. Zweimal mussten sie die Köpfe einziehen, um nicht an die Decke zu stoßen, aber ansonsten war diese weit genug über ihnen. Dank der Strömung mussten sie kaum rudern. Es reichte aus, das Boot in der Mitte des Flusses zu halten.

Nach etwa zehn Minuten war es mit der ruhigen Fahrt aber vorbei. Die Decke wurde so niedrig, dass eine Weiterfahrt nicht mehr möglich war. Am Ufer gab es einen schmalen Steg, an dem sie die Leine befestigen konnten. Jetzt standen sie vor der Wahl, umzukehren oder darauf zu vertrauen, dass es nicht mehr lange dauerte, bis der Fluss sie ins Freie führte.

»Das gefällt mir nicht«, sagte Hörg skeptisch.

»Was für eine Überraschung«, gab Hilmer zurück. »Du darfst nicht immer alles so schwarzsehen. Es gäbe diesen Steg nicht, wenn es nicht möglich wäre, von hier ins Freie zu tauchen.«

»Das war vielleicht vor vielen Jahren einmal so«, sagte Hörg, der noch immer nicht überzeugt war. »Denk an das Erdbeben. Es kann sein, dass die Höhle, durch die der Fluss läuft, inzwischen eingestürzt ist, sodass wir nicht mehr hindurchpassen. Es gibt absolut keine Sicherheit, dass wir hier wirklich ins Freie kommen.«

»Ich werde es versuchen«, sagte Ingrid und sprang ins Wasser.

Wenige Sekunden später war sie vor den Augen der Lemminge verschwunden. Hilmer klopfte seinen Beratern aufmunternd auf die Schulter und folgte der Amazone.

»Hierbleiben können wir nicht«, sagte Henni.

»Das weiß ich. Wer geht zuerst?«

»Ich.«

»Dann mach.«

Henni holte tief Luft und sprang ebenfalls in die Fluten. Hörg wartete noch ein paar Sekunden ab. Dann folgte er seinem Bruder. Sofort wurde der Lemming von der Strömung des Flusses mitgerissen. Das Wasser floss immer schneller und Hörg streckte schützend die Pfoten von sich, damit er nicht so leicht mit dem Kopf an einen Felsen schlagen konnte. Er war jetzt zu einem Spielball der Strömung geworden und musste sich weitertreiben lassen. Für eine Umkehr war es zu spät.

Jetzt ertrinken wir doch noch, dachte Hörg und spürte, wie die Panik in ihm anstieg. Als er kurz davor war, unter Wasser den Mund zu öffnen, sah er plötzlich über sich den Sternenhimmel. Sofort fing der Lemming an, wilde Schwimmbewegungen auszuführen. Er spürte den Boden unter seinen Füßen und stieß sich wuchtig nach oben. Hörgs Lungen drohten zu platzen, doch dann bekam er endlich den Kopf aus dem

Wasser. Sofort atmete er gierig ein und versuchte sich zu orientieren, wo er herausgekommen war.

Hörg vermutete, dass er sich tatsächlich in der Schlucht befand, konnte dies im Dunkeln aber nicht genau erkennen. Er trieb weiter mit der Strömung flussabwärts, bis diese so weit abnahm, dass er zum Ufer schwimmen konnte, als er fellige Umrisse sah. Dort kletterte er auf einen Felsen und ließ sich erleichtert auf den Rücken fallen.

»Ausruhen kannst du dich später«, sagte Henni und stieß seinen Bruder an der Schulter an.

»Was ist gegen eine kleine Pause einzuwenden?«

»Heidis Ultimatum«, antwortete Hilmer. »Wenn wir es rechtzeitig schaffen wollen, müssen wir weiter.«

Hörg quälte sich auf die Beine und folgte den anderen. Er war nass bis auf das Unterfell, hamstermüde und fror entsetzlich. Jetzt, wo sie es geschafft hatten, lebend aus dem Gewölbe herauszukommen, würde der Alptraum hoffentlich bald ein Ende haben.

Die Gefährten gingen etwa zwei Stunden am Ufer der Thorne entlang flussabwärts, bis sie vor sich im Dunkeln die Umrisse des Hügels sahen, über den sie auch auf dem Hinweg gekommen waren. Sie gingen durch den Wald und gelangten zu dem Berg, auf dem sich die Todesplattform der Nordlemminge befand. Von dort aus war es nicht mehr weit bis ins Heerlager der Amazonen. Dennoch begann es bereits zu dämmern, als sie die ersten Kriegerinnen erreichten.

»Heidi erwartet euch bereits«, wurde Ingrid von einer ihrer Kameradinnen begrüßt.

Unter den skeptischen Blicken der Feldmäuse führte die Amazone die drei Lemminge zum Zelt ihrer Anführerin. Vor dem Eingang standen zwei Kriegerinnen und Hilmer, Henni und Hörg mussten ihre Waffen abgeben. Erst dann durften sie eintreten.

33

»Bring deine Gefangenen weg und bereite dich auf die Schlacht vor«, sagte Heidi, nachdem Ingrid und die Lemminge eingetreten waren.

Die Feldherrin hatte bereits ihre Rüstung angelegt, sie stand flankiert von zwei weiteren Amazonen mitten im Zelt. Deren Speere zeigten auf die drei Lemminge. Hörg sah sich nach Norbert um und entdeckte ihn im hinteren Teil von Heidis Unterkunft. Er lag auf einer Pritsche und stopfte sich gerade eine Erdbeere in den Mund. Besonders schlecht schien es ihrem Helfer während ihrer Abwesenheit nicht ergangen zu sein. Er winkte seinen Freunden freudig zu, sprach aber nicht. Vermutlich hatte ihm die Feldherrin im Vorfeld gesagt, dass er sich ruhig zu verhalten hatte, wenn die Lemminge nach dem Ultimatum zurückkehrten.

»Es gibt keine Schlacht.«

»Wer bist du, dass du es wagst, mir zu widersprechen?«

»Mein Name ist Hilmer. Ich bin der König über das Volk der Lemminge und keiner deiner Untertanen. Also rede ich, wann es mir gefällt.«

»Du bist entweder sehr mutig oder sehr dumm«, sagte Heidi. »Da ich weder bei dir noch bei deinen beiden Begleitern unser Eigentum entdecken kann, gehe ich davon aus, dass ihr versagt habt. Daher werde ich Delta noch in dieser Stunde angreifen.«

»Das wirst du nicht.«

»Dann bist du also doch eher dumm.«

»Nein, Heidi. Wir haben die Statue der heiligen Rudolfa gefunden und können dich zu ihr führen.«

»Stimmt das?«, wandte sich Heidi an Ingrid und sah sie herausfordernd an.

»Ja. Und nicht nur das. Wir waren in Agar.«

»Du weißt, dass ich mich von meinen Untergebenen

nicht veralbern lasse. Agar wurde vor vielen Jahren vernichtet. Erzähle mir also nicht so einen Unsinn.«

»Es ist die Wahrheit«, sagte Henni.

»Dich habe ich nicht gefragt.«

»Und doch stimmt es«, sagte Ingrid. »Ich konnte es selbst erst nicht glauben, aber der alte Tempel existiert noch. Die Statue befindet sich dort und auch die letzte Ruhestätte von Rudolfa selbst.«

»Wenn das wahr ist, wäre mein Volk euch zu großem Dank verpflichtet«, sagte Heidi mit deutlich freundlicherer Stimme. »Wagt es aber bloß nicht, ein Spielchen mit mir zu treiben.«

»Wir wollten nicht riskieren, dass euer Heiligtum zerstört wird«, sagte Henni. »Nur deshalb haben wir es gelassen, wo es ist.«

»Und ihr könnt mich und ein paar meiner Kriegerinnen dorthin führen?«

»Natürlich können wir das. Es wäre nur gut, wenn wir Strickleitern oder etwas Ähnliches mitnehmen würden. Außerdem sollten wir warten, bis es noch ein bisschen heller geworden ist.«

»Soll das irgendein Trick werden, um Zeit zu schinden?«

»Nein«, antwortete Henni. »Deine Vorfahren haben es irgendwie geschafft, Tageslicht in den Tempel hineinscheinen zu lassen. Wenn es im Freien hell ist, ist es das auch in Agar.«

»Ich kann mir denken, wie neugierig du darauf bist, diese historische Städte deines Volkes zu sehen«, sagte Hilmer. »Dennoch bitte ich dich darum, dass wir uns wenigstens für zwei oder drei Stunden ausruhen können. Wir waren die ganze Nacht auf den Beinen, um rechtzeitig hier zu sein.«

»Ich werde dir diesen Wunsch erfüllen, König der Lemminge. Solltest du mich aber hintergehen, bist du der Erste, der mein Schwert zu spüren bekommen wird.« Heidi gab ihren Kriegerinnen ein paar knappe Befehle und die Lemminge wurden in ein Nebenzelt geführt, wo sie etwas zu trinken bekamen und sich dann auf drei Feldbetten niederstrecken konnten.

Für Hörgs Geschmack viel zu schnell kam Ingrid zu den drei Freunden, um sie zu wecken. Keiner von ihnen fühlte sich wirklich ausgeruht und sie gähnten die Amazone, die ebenfalls noch immer müde Augen hatte, herzhaft an.

»Die Feldherrin hat alles vorbereiten lassen und möchte nun nicht länger warten. Wir müssen los.«

»Also gut, Liebes. Bringen wir es hinter uns. Noch ein paar Stunden und dann ist dieser unsinnige Krieg endlich vorbei und wir können nach Hause.«

»Jetzt werden wir ja sehen, ob eure unglaubliche Behauptung tatsächlich wahr ist«, begrüßte Heidi ihre Gäste. »Ihr habt die' Ehre uns zu führen.«

»Was ist mit Norbert?«, wollte Henni wissen. »Kommt er nicht mit?«

»Der Kleine hat eine anstrengende Nacht hinter sich und muss sich noch ein wenig schonen«, erklärte Heidi. »Er wird hier warten, bis wir zurückkehren. Außerdem bleibt er unser Gefangener, solange wir unser Heiligtum nicht zurückhaben.«

Hörg starrte die Kriegerin ungläubig an. Hatte er da tatsächlich ein Lächeln auf ihrem Gesicht gesehen? Konnte es sein, dass Norbert viel mehr als ein Gefangener war und ihr die Nächte versüßt hatte? Nein. Hörg konnte nicht glauben, dass neben Hilmer jetzt auch noch Norbert ein sexuelles Interesse an den Feldmäusen hatte. Das war abartig und er fand es schlimm genug, dass einer seiner Artgenossen mit dem Gedanken spielte. Aber gleich zwei seiner Freunde? Das durfte nicht stimmen.

Ingrid und die drei Lemminge führten Heidi und ihre Kriegerinnen zur Höhle, von der aus sie in die Tempelstadt Agar gelangen konnten. Sie kamen langsam voran, weil die Feldmäuse die Strickleitern und weitere Seile tragen mussten. Hörg verspürte wenig Lust, noch einmal zur Statue zurückzukehren. Auch weil er wusste, dass er dafür wieder durch die Grotte schwimmen musste. In den letzten drei Tagen war er häufiger völlig durchnässt gewesen, als davor in seinem ganzen Leben.

Den Weg zum unterirdischen Gewölbe verbrachte die Gruppe schweigend. Heidi war die Anspannung deutlich anzusehen. Wäre Ingrid nicht dabei gewesen, hätte sie den Lemmingen wohl kein Wort geglaubt. So blieb ihr allerdings nichts anderes übrig, als ausnahmsweise eine passive Rolle anzunehmen und sich führen zu lassen.

Als sie jedoch den versteckten Raum unter der Höhle und die Truhe mit den alten Büchern sah, änderte sie ihr Verhalten gegenüber ihren Gefangenen.

»Ihr scheint tatsächlich die Wahrheit zu sagen.«

»Natürlich tun wir das«, antwortete Hilmer. »Es gibt für uns keinen Grund, dich zu belügen.«

»Das würde euch auch nicht gut bekommen. Wie geht es weiter?«

»Direkt vor der Wand ist der Einstieg in einen Tunnel. Auf diesem Weg gelangen wir nach Agar und zum Tempel«, erklärte Hörg. Dann ging er vor und tauchte auch als Erster durch die Grotte.

Als sie auf die Plattform vor dem Gewölbe mit der Hängebrücke kamen, konnte er sich ein Grinsen nicht verkneifen. Niemals zuvor hatte er so viele staunende Feldmäuse auf einem Haufen gesehen, wie in diesem Moment. Was würden die Amazonen erst sagen, wenn sie den Tempel betraten?

Die Antwort auf diese Frage ließ nicht lange auf sich

warten. Vor dem Tor musste Ingrid Heidi zurückhalten, damit sie nicht in die tödliche Falle mit den beiden Beilen lief, dann war der Weg in den Tempel frei.

Alle Feldmäuse gingen vor dem Altar auf die Knie. Hörg glaubte, bei einigen sogar Freudentränen zu sehen, als sie vor der Todesgruft der heiligen Rudolfa standen.

»Mein Volk ist euch zu großem Dank verpflichtet«, sagte Heidi nach einer Weile und reichte Hilmer die Pfote, der diese lächelnd ergriff. »Ich bin froh, dass ihr Lemminge aus dem Süden offensichtlich über deutlich mehr Verstand verfügt, als Konan und seine Mannen. Sagt, was ich tun kann, um meine Dankbarkeit zum Ausdruck zu bringen.«

»Es würde völlig ausreichen, wenn du die Belagerung von Delta aufgibst«, sagte Hilmer.

»Das wird noch heute geschehen.«

»Dann denke ich, dass sowohl die Feldmäuse als auch die Lemminge zufrieden sein können. Es wäre schön, wenn wir heute eine Basis für eine friedliche Zukunft zwischen unseren Völkern geschaffen hätten.«

»An mir und meinen Kriegerinnen soll es nicht liegen. Wir werden die nächsten Wochen und Monate nutzen, um Agar wieder herzurichten. Wenn diese Aufgabe erledigt ist, seid ihr herzlich eingeladen, die Tempelstadt noch einmal zu besuchen.«

»Wenn es so weit ist, werden wir das Angebot gerne annehmen«, erklärte Hilmer feierlich. »Jetzt ist es für uns aber an der Zeit, nach Delta zurückzukehren. Auch Konan wird wissen wollen, wie die Sache ausgegangen ist.«

»Ich werde ein paar meiner Amazonen hier zurücklassen und euch drei mit den anderen zurück in mein Lager begleiten. Dort bekommt ihr eure Waffen zurück.«

»Was ist mit Norbert?«, wollte Hörg wissen.

»Natürlich steht es auch ihm frei, zu gehen. Ich glaube allerdings nicht, dass er das will.«

34

»Ich hoffe, du konntest ein wenig Ruhe finden, mein Süßer«, begrüßte Heidi Norbert, der noch immer auf der Pritsche im Zelt der Heerführerin lag und es sich gut gehen ließ.

Hörg konnte und wollte noch immer nicht glauben, dass zwischen den beiden tatsächlich etwas gelaufen war. Der Blick, den ihr Gehilfe der Kriegsherrin zuwarf, sprach allerdings Bände.

»Du hast dich lange genug ausgeruht«, sprach Henni aus, was Hörg dachte. »Es ist Zeit nach Hause zurückzukehren.«

»Ich werde bei den Amazonen bleiben«, entgegnete Norbert und machte keine Anstalten, sich von der Pritsche zu erheben.

»Das kann unmöglich dein Ernst sein«, sagte Hörg verblüfft. »Dir ist schon klar, dass du es als Männchen nicht lange in diesem Haufen kriegstoller Weiber aushalten wirst. Außerdem bist du keine Feldmaus.«

»Das ist mir egal. Nach Beta kann ich nicht zurück und wer weiß, was mich in Omega erwartet. Ich bleibe hier. Das heißt, wenn Heidi nichts dagegen einzuwenden hat.«

»Du kannst so lange bleiben, wie du willst, mein Süßer. Ich würde es sehr begrüßen, wenn du an meiner Seite bleibst und mir noch viel von euch Lemmingen erzählst. Nur so kann ich mehr über euer Volk lernen.«

»Dann ist das wohl entschieden«, sagte Hilmer und wandte sich an Ingrid. »Ich gehe nicht davon aus, dass du große Lust hast im Gegenzug mit mir nach Omega zu kommen.«

»Du weißt gar nichts, Hilmerkönig. Mein Leben gehört dir, nachdem du mich in Agar gerettet hast. Ich begleite dich, wohin du willst.«

»Sind wir beide die einzigen Normalen hier?«

»Lass gut sein, Hörg«, antwortete Henni. »Wenn Norbert hier bleiben will, soll es mir recht sein. Fehlen wird er uns beiden sicher nicht.«

Die Brüder sprachen so leise, dass die anderen keine Notiz von ihnen nahmen. Heidi warf Norbert schmachtende Blicke zu und Hilmer hatte nur noch Augen für Ingrid.

»Das schon. Aber was ist mit der Amazone?«

»Was soll mit ihr sein?«

»Hilmer kann keine Feldmaus zu seiner Königin machen.«

»So weit sind wir noch lange nicht«, sagte Henni. »Wenn wir wieder in Omega sind, wird er andere Probleme haben. Ingrid wird sich irgendwann langweilen und nach Hause zurückkehren.«

»Ich wünsche euch alles Gute beim Wiederaufbau von Agar«, verabschiedete sich Hilmer von Heidi. »Wenn ihr etwas braucht, wendet euch an Konan. Ich werde ihm klare Anweisungen geben, dass die Lemminge die Feldmäuse ab sofort unterstützen.«

»Ich danke dir und wünsche euch eine gute Heimreise. Ihr seid jederzeit in der Tempelstadt willkommen und werdet von keiner Amazone etwas zu befürchten haben.«

Hörg atmete erleichtert auf, als sie das Zelt der Kriegsherrin endlich verließen und sich auf den Weg in die Stadt machten.

In Delta war die Freude groß, als die Helden von ihrer Mission zurückkehrten und berichten konnten, dass der Krieg vorüber war.

»Ihr müsst unbedingt sofort mit in den Audienzsaal

kommen«, sagte Konan, nachdem sich die erste Aufregung auf dem Wall gelegt hatte.

»Was ist los?«, fragte Henni.

»Ihr habt Besuch. Vor zwei Tagen sind hier zwei finstere Gestalten erschienen. Sie haben behauptet, Freunde des Königs zu sein, und fressen seitdem all unsere Vorräte auf.«

»Das sind Bert und Gerd«, sagte Hilmer lachend. »Ich hätte mir denken können, dass sie nicht ewig am Ufer der Roga auf mich warten.«

»Du kennst sie also wirklich?«

»Ja, Konan. Die beiden sind tatsächlich meine Freunde.«

»Es sind Ratten.«

»Na und? Auf Bert und Gerd kann ich mich immer zu einhundert Prozent verlassen. Das ist nicht bei jedem Lemming so.«

Konan überhörte den versteckten Vorwurf und führte seine Gäste in den Audienzsaal.

»Hilmer«, rief Bert erfreut, als der König mit seinen Beratern, Konan und Ingrid den Raum betrat. Gemeinsam mit Gerd hatte er es sich an der Tafel des Rates gemütlich gemacht und ließ sich die aufgetragen Speisen schmecken. »Setzt euch zu uns. Wir haben gerade mit dem Essen begonnen.«

»Du meintest wohl vor zwei Tagen?«, knurrte Konan.

»Werde nicht kleinlich«, gab Gerd zurück. »Wie geht es euch? Habt ihr dieses komische Heiligtum der Feldmäuse gefunden?«

»Das haben wir und der Krieg ist damit beendet«, antwortete Hilmer. »Wir werden uns morgen auf den Rückweg nach Omega machen.«

»Warum nicht gleich?«, fragte Bert.

»Weil wir total fertig sind und vor der Reise wenigstens eine Nacht lang schlafen müssen«, antwortete Hörg und gähnte herzhaft. Auch er freute sich, die beiden

Ratten zu sehen. Bei den ganzen Verrückten, mit denen er es in den letzten Tagen zu tun bekommen hatte, war es schön, endlich einmal auf vertraute Gesichter zu treffen.

»Außerdem habe ich den ein oder anderen Punkt mit dem Stadtregenten zu besprechen, bevor wir aufbrechen können.« Hilmer wandte sich zu Konan und sah ihn vorwurfsvoll an. »Dieser ganze Krieg hätte nicht sein müssen, wenn du dich intensiver mit der Hinterlassenschaft von diesem Sören beschäftigt hättest. Sein Helfer Gunnar hat mit Sicherheit gewusst, wo die Statue zu finden ist, und wenn ihr ein bisschen eindringlicher gefragt hättet, wäre das alles nicht passiert. Es muss sich hier einiges ändern, wenn du der Regent dieser Stadt bleiben willst.«

Konan war schlau genug, dem König nicht vor dessen Freunden zu widersprechen. Sein Gesichtsausdruck zeigte aber, dass er sich nicht besonders auf die Unterredung mit ihm freute.

Hilmer, Henni, Hörg und Ingrid ließen sich von Konan in das Waschhaus führen. Auch wenn sie in den letzten Tagen oft genug im Wasser gewesen waren, stank ihr Fell erbärmlich. Zum ersten Mal in seinem Leben genoss Hörg ein Bad. Als sie sauber und erfrischt waren, gingen sie in ihre Unterkunft, fielen auf die Betten und schliefen augenblicklich ein.

35

Henni und Hörg schliefen fast bis zum nächsten Mittag durch. Hilmer war bereits zur Unterredung mit Konan aufgebrochen und Ingrid nutzte mit Bert und Gerd die Zeit, sich den Befestigungswall näher anzusehen. Dabei wurden sie von den Nordlemmingen misstrauisch beäugt, durften aber überall hin, wohin sie auch wollten. Die Soldaten wussten, dass die drei unter dem persönlichen Schutz des Königs standen und keiner wollte es sich mit ihm verscherzen.

»Wir können sofort aufbrechen, nachdem ihr euch noch einmal gestärkt habt«, begrüßte Hilmer seine beiden Berater, als die den Audienzsaal betraten.

Henni und Hörg nahmen das Angebot gerne an und setzten sich an die Tafel. Wenige Minuten später gesellten sich auch Ingrid, Bert und Gerd zu ihnen. Konan war nach dem Gespräch mit Hilmer sehr ruhig geworden und sah seinen Gästen schweigend zu.

Eine halbe Stunde später war es endlich so weit und die Gruppe verließ Delta. Vor allem Henni und Hörg, die bereits seit Wochen unterwegs waren, freuten sich auf die Heimat.

Nach einer Reise ohne Zwischenfälle kamen Ingrid und die drei Freunde fünf Tage später in Omega an. Bert und Gerd hatten sich bereits zwei Kilometer vor der Stadt von ihnen verabschiedet. Noch immer hatten viele Lemminge Angst vor den Ratten und Hilmer wollte seine Untertanen nicht unnötig beunruhigen.

Der König wurde von seinem Volk freudig begrüßt, als er nach Omega kam. Ingrid wurde teils skeptisch, teils neugierig beäugt. Hörg war gespannt, ob seine Artgenossen die Feldmaus als Hilmers Gefährtin akzeptieren würden. In den letzten Tagen waren sich die beiden deutlich nähergekommen. Es würde eine ganze Reihe von alleinstehenden Weibchen in der Stadt geben, die neidisch auf die Amazone waren.

Auf Henni wartete noch eine besondere Überraschung. Kurz bevor sie den Eingang des Palastes erreichten, kam Helga mit zwei Welpen die Treppe herunter.

»Jetzt könnt ihr endlich euren Vater begrüßen«, sagte das Weibchen und schob die beiden auf Henni zu, der alles andere als glücklich dreinschaute.

»Was machst du denn hier?«

»Wir haben auf dich gewartet und wohnen in deinem Apartment. Die Kleinen haben sich schon sehr darauf gefreut, endlich ihren Vater kennenzulernen.«

»Aber das geht doch nicht.«

»Und ob das geht«, sagte Helga und drückte Henni fest an sich. »Wir sind doch jetzt eine Familie.«

»Ich freue mich sehr darüber, dass ich jetzt Onkel bin«, sagte Hörg und tätschelte den Welpen liebevoll den Kopf.

Henni sah seinen Bruder ärgerlich an. »Davon kann keine Rede sein.«

»Ich habe dir mehrfach gesagt, dass du vorsichtig sein sollst. Jetzt musst du mit den Konsequenzen deiner Freizügigkeit leben.«

»Selbstverständlich bleiben Helga und die Welpen hier in der Stadt«, entschied Hilmer. »Für Hörg habe ich bereits eine neue Unterkunft gefunden. Wir wollen ja nicht, dass er das Familienglück stört.«

»Du wusstest, dass Helga hier auf mich wartet?«, fragte Henni entsetzt.

»Natürlich«, antwortete der König. »Sie kam, kurz bevor die beiden Kleinen geboren wurden.«

»Und du findest nicht, dass du mir davon hättest erzählen müssen?«

»Das muss ich vergessen haben.«

Hörg drehte sich von seinem Bruder weg, damit der sein Lachen nicht sehen konnte. Für Henni war das Lotterleben damit zu Ende. Er hingegen würde weiterhin seine Freiheit genießen können.

»Lasst uns endlich hineingehen«, sagte Hilmer und führte Ingrid in den Palast.

»Ihr habt euch sicher viel zu erzählen«, sagte Hörg und lächelte die junge Familie an. Dann folgte er seinem König und ließ seinen Bruder bei Helga und den Welpen zurück.

»Aber so geht das doch nicht«, rief Henni verzweifelt, doch seine Freunde waren längst im Palast verschwunden.

ENDE